当代诗人自选诗

城南记

路也——著

《星星》历届年度诗歌奖获奖者书系

梁　平　龚学敏　主编

四川文艺出版社

星星与诗歌的荣光

梁 平

《星星》作为新中国第一本诗刊，1957年1月1日创刊以来，时年即将进入一个花甲。在近60年的岁月里，《星星》见证了新中国新诗的发展和当代中国诗人的成长，以璀璨的光芒照耀了汉语诗歌崎岖而漫长的征程。

历史不会重演，但也不该忘记。就在创刊号出来之后，一首爱情诗《吻》招来非议，报纸上将这首诗定论为曾经在国统区流行的"桃花美人窝"的下流货色。过了几天，批判升级，矛头直指《星星》上刊发的流沙河的散文诗《草木篇》，火药味越来越浓。终于，随着反右运动的开展，《草木篇》受到大批判的浪潮从四川涌向了全国。在这场声势浩大的反右运动中，《星星》诗刊编辑部全军覆没，4个编辑——白航、石天河、白峡、流沙河全被划为右派，并且株连到四川文联、四川大学和成都、自贡、峨眉等地的一大批作家和诗人。1960年11月，《星星》被迫停刊。

1979年9月，当初蒙冤受难的《星星》诗刊和4名编辑全部改正。同年10月，《星星》复刊。臧克家先生为此专门写了《重现星光》一诗表达他的祝贺与祝福。在复刊词中，几乎所有的读者都记住了这几句话："天上有三颗星星，一颗是青春，一颗是爱情，一颗就是诗歌。"这朴素的表达里，依然深深地彰显着《星星》人在历经磨难后始终坚守的那一份诗歌的初心与情怀，那是一种永恒的温暖。

时间进入20世纪80年代，那是汉语新诗最为辉煌的时期。《星星》诗刊是这段诗歌辉煌史的推动者、缔造者和见证者。1986年12月，在成都举办为期7天的"星星诗歌节"，评选出10位"我最喜欢的中青年诗人"，北岛、顾城、舒婷等人当选。狂热的观众把会场的门窗都挤破了，许多未能挤进会场的观众，仍然站在外面的寒风中倾听。观众簇拥着，推搡着，向诗人们"围追堵截"，索取签名。有一次舒婷就被围堵得离不开会场，最后由警察开道，才得以顺利突围。毫不夸张地说，那时候优秀诗人们所受到的热捧程度丝毫不亚于今天的任何当红明星。据当年的亲历者叶延滨介绍，在那次诗歌节上叶文福最受欢迎，文工团出身的他一出场就模仿马雅可夫斯基的戏剧化动作，甩掉大衣，举起话筒，以极富煽动性的话语进行演讲和朗诵，赢得阵阵欢呼。热情的观众在后来把他堵住了，弄得他一身的眼泪、口红和鼻涕……那是一段风起云涌的诗歌岁月，《星星》也因为这段特别的历史而增添别样的荣光。

成都市布后街2号、成都市红星路二段85号，这两个地址已经默记在中国诗人的心底。直到现在，依然有无数怀揣诗歌梦想的年轻人来到《星星》诗刊编辑部，朝圣他们心中的精神殿堂。很多时候，整个编辑部的上午时光，都会被来访的读者和作者所占据。曾担任《星星》副主编的陈犀先生在弥留之际只留下一句话："告诉写诗的朋友，我再也不能给他们写信了！"另一位默默无闻的《星星》诗刊编辑曾参明，尚未年老，就被尊称为"曾婆婆"，这其中的寓意不言自明。她热忱地接待访客，慷慨地帮助作者，细致地为读者回信，详细地归纳所有来稿者的档案，以一位编辑的职业操守和良知，仿佛春风化雨，润物无声地温暖着每一个《星星》的读者和作者。

进入21世纪以后，《星星》诗刊与都江堰、杜甫草堂、武侯祠一道被提名为成都的文化标志。2002年8月，《星星》推出下半月刊，着力于推介青年诗人和网络诗歌。2007年1月，《星星》下半月刊改为诗歌理论刊，成为全国首家诗歌理论期刊。2013年，《星星》又推出了下旬刊散文诗刊。由此，《星星》诗刊集诗歌原创、诗歌理论、散文诗于一体，相互补充，相得益彰，成为全国种类最齐全、类型最丰富的诗歌舰队。2003年、2005年，《星星》诗刊蝉联第二届、第三届由中宣部、国家新闻出版总署、国家科技部颁发的国家期刊奖。陕西一位读者在给《星星》编辑部的一封信中写道："直到现在，无论你走到任何一个城市，只要一提起《星星》，你都可以找到自己的朋友。"

2007年始，《星星》诗刊开设了年度诗歌奖，这是令中国诗坛瞩目、中国诗人期待的一个奖项。2007年，获奖诗人：叶文福、卢卫平、郁颜。2008年，获奖诗人：韩作荣、林雪、茱萸。2009年，获奖诗人：路也、人邻、易翔。2010年，获奖诗人、诗评家：大解、张清华、聂权。2011年，获奖诗人、诗评家：阳飏、罗振亚、谢小青。2012年，获奖诗人、诗评家：朵渔、霍俊明、余幼幼。2013年，获奖诗人、诗评家：华万里、陈超、徐钺。2014年，获奖诗人、诗评家：王小妮、张德明、戴潍娜。2015年，获奖诗人：臧棣、程川、周庆荣。这些名字中有诗坛宿将，有诗歌评论家，也有一批年轻的80后、90后诗人，他们都无愧是中国诗坛的佼佼者。

感谢四川文艺出版社在诗集、诗歌评论集出版极其困难的环境下，策划陆续将每年获奖诗人、诗歌评论家作品，作为"《星星》历届年度诗歌奖获奖作者书系"整体结集出版，这对于中国诗坛无疑是一件功德无量的举措。这套书系即将付梓，我也离开了《星星》主编的岗位，但是长相厮守15年，初心不改，离不开诗歌。我期待这套书系受到广大读者的青睐，也期待《星星》与成都文理学院共同打造的这个品牌传承薪火，让诗歌的星星之火，在祖国大地上燎原。

2016年6月14日于成都

目录

第一辑

第二辑

第三辑

第四辑

| 第一辑 |

盘山路

盘山路充满狂想

高处巨石翻滚，低处页岩层叠

从盘山路远望

相邻两个小山包对峙，在下一盘棋

我的视线随一只鹊鹞移动，我与它共用一颗心

看得见群峰连绵，天蓝，风淡，太阳偏西

一个庄严的大气压

使这个冬日下午光芒万丈

我提着自己的心

越走越远，越走越高，越走越飘，越走越悬

越走越像行在老虎脊背

越走越没退路，感觉与尘世好聚好散

盘山路演示辩证法，我螺旋式上升

这样走下去，需要一根避雷针

需要一顶降落伞，需要在胆量周围
竖起一圈护栏

需要默诵：
"我是困苦忧伤的，
愿救恩将我安置在高处"

盘山路之上，盘山路尽头
天色渐晚，抬头将看到星星伶牙俐齿
侧耳会听到天上的说话声

我走在盘山路上，孤身一人像一支部队
这样走下去，一直走下去
会不会在某个拐弯处忽然遇见
迎面走来的我自己？

2015年3月

柏树林

柏树林静悄悄

柏树林相信好天气

相信天是蓝的，云是白的

相信山势起伏得有理

相信半山腰红砖房是为与它般配而建

柏树林的根系抱紧岩石，姿势决绝

密密麻麻的模样整装待发

月黑风高时，气势接近谋反

比其他树木更像写下了决心书

柏树林穿着帆布衣裳

有着批发的庄严

柏树林以自己为旋律，而孤悬在陡崖上的那一棵

是掉了队的音符

最激越的乐段分配给了鹰

柏树林怀揣着油脂

分泌出坚贞的激素

以无限和无言来表达不朽

除了永远，一无所有

柏树林能文能武

却总在低语、静默

风并不能使它们心动

谁能告诉我，这柏树林

它们一棵一棵，为何这样老成持重

为何它们的叶子排列成了霜花的图案

为何它们总是挺着身子眺望

为何它们从来不谈爱情

为何它们佯装

不仅懂代数，还懂得几何？

2015年3月

山间坟茔

去往东南诸峰途中，遇一座旧坟

枯草掩映着它不知哪朝哪代的面颊

一个土包、一块断碑、两块条石

把死亡均摊

春节前夕，坟上刚刚压了姜黄色的冥纸

使得悲伤又被刷新

让经过者看清所有英雄的末路

弄明白在一个坏了的宇宙里不会有好风水

里面或许点着一盏油灯，里面或许有打不开的网络链接

那人或许还在等一个口信

四周的时间在返回，空气充满预感

一片开阔地留给了晌午的阳光

松鼠跳到墓碑上方的树枝，瞅着碑文

双拳相抱，求签问卜

我走近了，那被两三行碑文紧紧关闭在里面的人

试图文白夹杂

说服外面这个病得不轻的人

话语全都写在了风上

春天来时，里面的纵声大笑会透过变松变软的土层

传递出来

在它的左前方，桃花感动山涧流水

走远之后，在一段上坡路

又回头瞭望这座小坟

我瞥见孤独的源头

天地悠悠，每秒钟都正在变成灰烬

2015年3月

信号塔

信号塔矗立山巅，孑然一身
相邻的山头上，并无一座母塔与它匹配
独身也是出于对生活的热爱

一个人抵达山巅，还想继续沿钢铁架构攀至塔尖
触一下潮湿的白云，嗅嗅天堂的味道
替人类瞭望一下前程

信号塔不是巴别塔，它只望天而不通天
亦无资格像教堂尖顶那样谈论救赎
它其实类似田纳西那只坛子，让周围荒野朝它聚拢

信号塔上足了发条，令周围空气发痒、微颤
它通知天空一些人间讯息
偶尔也把天上的想法，转发给大地

它采纳风的意见，收集飞行器的心情
它把晴空万里的热度和亮度积攒起来，去抵抗阴霾

它有时截留电缆里的幸福供自己享用

一群蝙蝠穿越信号塔周围的暮色，返回山洞练倒立

这些瞎子自带超声波以遥感未来

只有人类才关心命运，往天上发邮件并渴望得到批示

信号塔仰望天空的力度超过哲学家和圣徒

它每天早晨向天空脱帽致敬

周围山峦全都鞠躬，齐刷刷地配合

信号塔耸立山巅，没给自己留后路

它只拥有一条通往上苍的虚空之路

那条路在时间之外，那条路两旁栽满了小白花

2015年2月

山　垭

我在一个山垭停了下来

两簇峰峦之间的这个路口

背向不远处一座倒塌的古寺

胸襟朝东敞开，去往山下一个小村

我在一个山垭口停下来

山的册页被我哗哗乱翻，至此打开新篇

是一只豆雁把我引到这里

它飞得没了踪影之后，我仍然望着空中出神

我在这个山垭停下

一个农妇孤坐避风的崖根，向我兜售黑枣

它们盛在布袋里，肉少籽多，长相贫寒

吸取了尘土的味道

它们安慰过我的童年，现在又来安慰一个失败者的内心

我在这个山垭停下来

这是两道山脊延伸并渐渐靠近之后

尾骨衔接之处

我想在地图上标注这个垭口，给它起个名字

我想听到自己的回声

我在这样一个山垭停下来

有一朵云恰好也飘到了这里

它看上去没有力气，形状像有了身孕

它继续往前移动时，我向它挥手告别

彼此相忘

我在一个山垭停下来

天色渐晚，黄昏有一个巨大的门槛

2015年3月

月出东山

月出东山，又大又圆
照耀着归途，我像一首诗那样
拐弯并折行
从山顶渐渐下来

天地正吱吱嘎嘎关闭大门，四周多么寂静
屏住呼吸，才能听到山间细语
今夜盛大月光要把世界映成一个剧院
农历十五，月亮在她的排卵期
无比饱满

柏树林勾勒出来的山际线
色泽也在一层一层加深
一只披黑斗篷穿白衬衣的大鸟
从草丛跃起，飞进暮色
我加快了脚步

山脚下的灯火在望

我的心已比我这个人先到了家

忽然，一只刺猬披着铁蒺藜拦在路上

它说：你好

并且想给我一个大大的拥抱

2015年3月

山 风

从峰巅沿盘山路下行，迎面而来的风
把我拥抱托举，吹拂得衣裳和长发往后飞
揪我脱离地面

回家的路被大风拴住，系在我的腰间
我越走越快，比正在黑下来的天光快，比酒驾快
这么有上进心的人
为什么一走下坡路就感到无比畅快

风一定来自某个山洞
肺活量测试，把深深的喉咙收紧又放开
御风而行，骑在风的脊背
群山坐上副驾驶，一颗颗山头
脑震荡

在失重和迷幻中
从山顶滑翔至山腰，又朝向山涧
风的节奏和韵律掌管脚步

灵魂脱离形骸，走在更高处和更前面

泡桐花叹息着吐露香气，青杨比上星期又绿了一寸

山枣树发育晚，说一口方言

拐弯时探身悬崖，瞥见虚无和深渊

白色月牙儿在飘，空气中有透明梯子通向它

层叠岩壁在飘，晕染成水墨

信号塔在飘，声名远扬

春天在飘，已接近末了

忽然在一个垭口望见了夕阳，只有它不飘

它像一个草莽英雄，胸臆间的豪气

正把地平线压扁

风在山脚下渐渐平息

我慢下来，降落，停靠，又拽住了尘世的衣襟

2015年4月

古　道

我在暮晚时分走上一条古道

山石铺成的小路窄窄长长

它藏匿山间，以蜿蜒之姿

匍匐了一千五百年

树和草把它掩映得清秀，时间把它磨砺出光芒

我在暮晚时分走上一条古道

上面走过草鞋、木屐、布鞋、胶鞋、塑料鞋、皮鞋、动物

　　蹄爪

上面走过官府和民间

走过耕者、货郎、乡绅、太守、蚕娘、樵夫、邮差、商贾、

　　将军

走过隐士、侠客、僧尼、赶考的书生、采药的良医

走过流浪汉和诗人

走过起义的、杀人越货的、隐姓埋名的

也走过私奔的男女，走过狐仙

我在暮晚时分走上了一条古道

它几乎已被废弃

人们都去了柏油路、高速路、铁路、航线

撇下跟不上时代的少数人依然慢腾腾地走在这条千年古道上

撇下一层层隔年枯叶随风哀叹

一群麻雀飞起又落下，自愿选择了落寞的生涯

我在暮晚时分走上这条古道

它有拐角，却无论如何拐不到公路上去

沿着它走下去，只能走进静默

沿着它走下去，连通故乡，连通相邻的另一个州府

连通着中国的史书

我在暮晚时分走在这样一条古道上

岁月这个包裹在失重，石缝里柏树籽散发灵魂的清香

当翻过一段陡坡

一轮巨大的落日抵挡在前额

崖壁上飞天造像已经模糊

衣袂却依然拂动青苔，拂动出一个春天

我在暮晚时分走在了这样一条古道上

脚步在路面轻叩出回家的声响

侧耳倾听，忽然感觉这条小路想开口说话

那么，它会用魏晋语气，大唐音色，北宋节奏

明万历口吻，清康乾声调

还是民国腔？

2015年2月

一架飞机掠过

一架飞机掠过山谷

它飞得过低，几乎擦着山，山的鼻尖吓出了冷汗

在谷里走着的人

抬头仰望，巨大轰鸣压过了内心的悲伤

这架飞机驮着几千里孤独

飞过这片有我的荒山野岭，去有爱的地方降落

油箱中大剂量的黑暗，发动机里万有引力的教诲

全都跟我身体内部相仿

如此低飞，像在认输，像在乞求

如此低飞，似出于多情，在寻找另一位钢铁做的爱侣

如此低飞，想必有一颗裂缝的心

如此低飞，很容易陷入遗忘和走神

如此低飞，一定发生了什么，一定有它的苦衷

低到能辨识出空客机型，以及邮票般的图案标识

一个个窗口那样谦虚

上面的人也看得见我，这个在谷底徘徊的

失魂落魄之人

它曾推动地平线，它勾画过城市天际线

天空中有属于它的道路

那道路跟地面道路一样,有阳关大道和羊肠小道,有上下坡

有坑坑洼洼，有拐弯，也有死胡同

不知此刻它在这荒山中，走的是哪种路线

这移动着的银色，纯粹，虚无，沉默，透明，晦涩

这移动着的银色，是形而上的，是未来主义的

这移动着的银色，带了弧度，是隐喻的颜色

这移动着的银色，仿佛虚构出来的

这移动着的银色，有别于山中一切：岩石、植被、走兽

它模拟飞禽，嗓音却泄密，肢体也太过僵硬

这移动着的银色，使山里气温降低了二至三度

这移动着的银色，把头顶上的天一分为二

这低低地移动着的银色，让人感觉上面有一个

永远不会将计划付诸行动

只是爱做白日梦的恐怖分子

一阵风被裹起，有念头，有犄角，有危险的呼吸

空气清凉，松脂浓重，山之褶皱层层舒展

白云千载，阳光大步流星

时间逍遥，时间没有台词，时间去往何方

这架飞机就这样轰隆隆、轰隆隆地掠过

这架飞机就这样轰轰隆隆地飞过去

我的悲伤由一条河流变成了一个漩涡

一座座山

如此镇定

而地球

越来越重了

                              2015年1月

山中欲雨

一里云雾，十里云雾，上百里云雾
默念口诀，把群山紧锁
那座形似三只木屐的山头
已看不清楚了

天提前黑下来，这里只剩我一人
隐姓埋名地
歇坐在一块大青石上
页岩里夹着昆虫和草叶的遗言

天越来越黑，没什么好怕的
身家性命是背包里一本诗集
前世是一棵紫楝，来生做一株花楸

周围是松柏的游击队
槐花香得有些慌乱
包裹在水汽里的草木全都屏住呼吸
鸟兽虫豸潜伏各处，没有一丝动静

这山中诸侯，没出五服的亲戚，预感有什么将临

风开始变硬，前来辞行
半山腰传来三两声狗吠，把暮霭咬出一个小洞
从黑白不甚分明的书页上抬起头
恍惚看见山神磅礴的侧影

挤在城外的雷声，携带没有糖衣的炮弹
以一身轻功，翻山越岭
它们的麦克风是南边的山口
它们的道路是隐隐和隆隆

冲着山崖大喊，嗓音只要再提高半度
雨点就会被震落下来
一场雷雨已坐上大气压清凉的后座
正攻陷城南，想把春天和夏天
划分开来

2015年5月

我看见流星

也许无人相信：我看见了
一颗流星

在山中，夜幕刚刚降临
我独自走着
忽然它擦亮苍穹
在我肩头上方停顿了一下
紧接着，那冰凉的银蓝色的永恒
就抛入了另一边的山谷
化为沉寂

跟许多年前一样
我惊讶于这地球之外的莽撞来访
生命是用来撞击和殒落的
只不过这一次，我还听到了
它的呼啸、呐喊和尖叫

我不见流星已有许多年

这些年忙于山外的事情，天天低着头

一直无暇进山

总是忘了

仰望星空

山外雾霾，我却在山中看见流星

这么多年了，原来它一直都在，一直韵律不改

今夜，谁知晓我的幸福

在我恍惚的时候

神瞥见了我，并会心一笑

2015年6月

山中信札

我要用这山涧积雪的清冽

作为笔调

写封信给你

寄往整个冬天都未下雪的城里

我决定称呼你"亲爱的"

这三个汉字

像三块烤红薯

我要细数山中岁月

天空的光辉，泥土的深情

沟壑里草树盘根错节成疯人院

晨曦捅破一层窗纸，飞机翅膀拨开暮色

世间万物都安装了马达

我在山中行走

每次走到末路穷途，都想直冲悬崖继续前行

我已经为人生绘制了等高线

我有地图的表情

根据一大片鹅卵石认出旧河床

在崖壁间找到一脉清泉

在田陇参观野兔故居

这些事情，我都急于让你知道

我要细说峭岩上的迎春花怎样悄悄绽放

有一朵如何从它们的辫子

攀缘缠绕至我的发梢

我要写到灌木丛里的斑鸠

我真佩服它们

用最简单的词语编写歌谣

总把快乐直截了当地叫喊出来

我要讲述太阳

如何下定决心晒我

从表皮晒至内核，把凉了的心尖捂热

把泛潮的小谎言烘干，等待风化

我接受了阳光的再教育

还要提及

每次经过一座躲在阴影里的孤坟

我都担心墓碑上的某个错别字

会妨碍灵魂远行

我要向你汇报

至今还没有遇见老虎

如果万一相遇，我会送它一块松香

跟它讨论一番苏格拉底

还必须说说令人不快之事

最边缘的一片山峦被劈开胸膛，容纳人类的欲望

动物们植物们正打算联名

起诉推土机

我想说，那些气喘吁吁的问题，我都弄明白了

并打定主意

向季节学习抽芽萌长、凋零、萧瑟，向星辰学习闪烁和隐匿

向地球学习公转自转

最重要的是，我要告诉你

经过了这样一个冬天

我依然爱你

在信的结尾

我要用一粒去年的橡树果当句号

落款署名小鼹鼠

我要趁着这山涧积雪尚未融化

快快地把这封信写好

让南风

捎给你

2015年2月

在湘西

我在湘西的时候，你在皖南

隔着三分之一个江西，四分之一个湖北，半个湖南

隔着洞庭鄱阳两座大湖

三千里山川草木全是我的无助

我在湘西的时候，你在皖南

手机短信发来时，我正在沅江和夷望溪交汇处

坐在船头，脚丫跷上栏杆

佯装没有听到你的呼唤

仰面看时空悠悠，想弄懂天空和江面的对白

我在湘西的时候，你在皖南

这个离家远行的夏天没有归路

你从敬亭山下来，会见到一往情深的桃花潭

我正对一座水中孤峰，峻崖之上是绝境，是苍天

我在湘西的时候，你在皖南

曾比照陶潜之文，满世界找寻，把你误当桃花源

而今在桃源县千年樟树下吃过蒿子粑喝过武陵酒

开始怀念屈原：涉江，惜往日，悲回风

在流放之路上，何必询问终点

我在湘西的时候，你在皖南

雾气如带横贯沅江，两岸丛林隐现青瓦木屋的村寨

而你正在徽派马头墙下喝一杯云雾茶

从中国移动到中国联通

这个夏天，湘西和皖南之间有一个巨大的空洞

我在湘西的时候，你在皖南

这中间的风吹得多么温软

我摊开地图，辨认着大地的纹理

并练习对命运挤出一个笑脸

这个夏天，满庭繁花耗尽，头顶浮云飘散

2015年6月

窗 外

吊脚楼凌空蹈虚

一杯荞麦茶的微苦诠释着我的中年

窗外是琼江，水势西回复折东

鲁班一直在设计着文言的巍峨

石板路上走着韩愈和米芾

不远处陆军军官学校穿着中山装

隔壁住王翰林，爱情如此具体，是一枝碧玉簪

县衙和文庙相互抱拳，墙上刻写了革命语录

微信正在发布某户人家的门板，它是一块明代木匾

上书"慈航普渡"

各个朝代泛着湿气，在这个叫安居的古镇共处

青瓦的叙述缓慢、低婉、冗长

白鹭飞过这个时代的上空，靠内心控制着速度

我所在的今天这一页在风中起了皱褶

忽晴忽雨中瞥见人生的虚空

时间在假寐，它其实已经转基因

窗外是琼江，琼江连涪江，涪江连嘉陵江，嘉陵江连长江

长江连着大海，连着世界

忽然我想沿高高石阶往下，走向码头

苔藓滑腻，纤绳把石头磨擦出深深凹槽

一只客船等在那里

我穿阴丹士林的衫子，拎带铜锁的牛皮箱

发辫上别一朵黄桷兰

2015年6月

生祠镇的春天

这个阴天的下午，我走到了生祠镇的背面

一个孤独的背影

支撑八百多年前的朝野

他在一首苍茫的词里吃着虚拟的庆功宴

这个下午，云还在八百年前的位置

春风吹着一只闲逛的狗，它与庙宇达成默契

它有着宋朝的眉眼

而生祠镇的正面是鲜亮的

河道纵横，没有来路，只有去路

通向水边的台阶，一个年老的洗衣妇槌打着命运

木船运载虚无，吃水颇深

油菜花巨浪滚滚，没有标点，随地势起伏

光芒在瞬间照亮了一生

铅笔素描的水杉还没有绿，一排排单腿站立

围绕着白墙黑瓦

木门扉上的红对联把时光映衬得

黯淡下来

我准备上船时

一支出殡的队伍正走过田野

唢呐声刚刚停下，雨点就落了下来

天空那么高，道路那么远

死去的人将独自安居在开花的蚕豆田

2015年4月

季市老街

一只清末民初的草鸡煮出来的老汁的香味
飘浮在空气里
荷叶茵糕慈悲，酒醇馒头仁爱

石板路细长，庭院四方
黛瓦雕着蔓草和牡丹
一丛铁线蕨从窗楣生长出来
青蛙依然坐在井里观天，苔藓安然

铁匠铺、裁缝铺、中药铺和米店
陷进繁体汉字的乡愁
落日荒凉，映照青砖残墙斑驳的庄严

时间在空转
梦见一只水袖
门牌迷惘
在某个拐弯处进入新时代

老街之魂

一直都载在舶船上

沿墙后那条界河漂远

往东连着长江，往西也连着长江

2015年4月

镇扬渡口

我和母亲

两小时走完隋炀帝两个月路途

京沪高铁替代京杭大运河

使须臾人生变得更短促

让一路捧读古文的我感到些许不适

接下来从镇江去扬州

瓜洲在望

想起妙玉和惜春

船至江心，忽举起行李箱，仿杜十娘怒沉之状

母亲微笑：箱子里没一件值钱东西！

旁边是横跨的公路大桥

一架波音737从空中掠过

整个时代都在汽车上，我偏要行船

整个民族都在飞机上，我偏要行船

我的慢，使我脱离数学和经济学的原理

成为诗人

江面承载着

自己的浩渺和混浊

沙洲上芦苇患着自闭症

在臆想中抽刀断水

一叶小舟漂荡在长江，离岸而尚未靠岸

一叶小舟漂荡在长江，竹木之心起伏而空寂

一叶小舟漂荡在长江上，哦，这是汉语的孤独

2014年9月

瘦西湖

瘦西湖瘦在哪里？腰身和精神

而雨里的野鸭子是胖的，模拟画舫雍容而行

水草也过于丰美

把每座桥走遍，也没弄清哪座是二十四桥

只好重回杜牧的诗中去寻

十年前我恋爱时去过的茶社，门庭已改——改得好

即使在我的诗里，它也已灰飞烟灭

古代工匠只镌刻了水榭廊柱上

某一朵梅花中的一小片花瓣，天就黑了

短短的一生在昏昏欲睡里显得漫长

其实镌刻不了几朵梅花

人生就将尽了

水边的美人靠，倚着我的中年

我因长相平淡而从无迟暮之感

巧克力冰激凌是我的最爱

不哀叹光阴，因在哀叹之时，光阴又短了一寸

2014年10月

平山堂

欧阳修先生，栏杆外是千年后的灰色天空
江那边诸山已望不见了
视野狭小，唯见墙头乱草随风，墙外开过旅游大巴

昨夜细雨落在蜀冈的一片芭蕉叶上
蜗牛的独轮车，擎着时间的感应天线
沿着叶脉之驿路，缓慢地进入回廊下的宋朝

欧阳修先生，作为扬州市市长
你的文名远远压过了政绩
遗留这个坐花载月的诗会地点，让淮左名都深陷白日梦

让我前半生来了又来
上次来时正值堂前紫藤相亲，这次又遇荷花出阁
佛仍住在隔壁，面无表情

2014年9月

何　园

如果适逢战争，一个弱女子

从他乡逃难而来

隐于这卷轴的山水和线装的堂室

用牡丹和芍药，蜡梅和桂花

抵挡墙外的兵荒马乱

如果这弱女子

恰有一段疼痛的爱情需要忘却

月光映在回廊、层楼和叠石，又碎在水中

那个曾经滋润心肺的名字变成空汉字

往事多么虚无

如果这弱女子

从得得的马蹄声里听出春天还有多远

从青瓷碗中的饭菜咀嚼出方言

年华踱着小碎步，渐渐老去

她用酒量压过命运

如果这弱女子

不仅有乡愁，还有旷世之悲

一座园子抵挡一个乱世

人面桃花，山河入梦

一支笔在纸上奔走

如果这弱女子

似住在塔里，住在灯笼里，住在钟里

从最内向角落之深深处，望尽天涯路，望断云天

雁阵发出告别之声

天空大得能盛下过去和未来

白云悠悠乃是时光的面容

如果这个女子恰好

就是我

2015年3月

在米易

在米易，两座高原奔跑着相遇
一条江和另一条江把手挽起
横断山脉用来御寒

河谷里，大山缝隙中，甘蔗田蒸发着糖分
木棉的光秃枝干上，硕大花朵高呼口号
而油菜花、梨花、桃花一起赴的是什么约呢
斜斜的灰瓦屋顶一片片
映衬着妩媚

在米易，钟表走得比别处缓慢
到处静悄悄，空气制成了透明衣衫
阳光步履铿锵，风是似水流年
它们正宗，将人的肤色按国际审美重新铸造

到了夜晚，空中的繁星等着破译
把我仰起的脸当了露台
我问并肩而行的人：雅江鱼、爬沙虫、鸡枞菌、薄荷叶

枇杷、浑浆豆花、油底肉、野蕨、锦橙

哪一种最宜入诗

是的，我从雾霾的监狱暂时放了出来

在监外的米易执行

此刻，这个县是我的，我是我自己的停顿和回音

此刻，我在这里又不在这里

2014年3月

梯 田

这是农耕的修辞
以排比为主，兼及顶针和对偶

我一层一层地爱你，紧紧相依地递进着爱你
以流线型和弧形来蜿蜒着爱你
渐行渐远地爱你，以海拔来爱你，以螺旋式的飞升
来爱你

这里没有道路，思想在陇上奔跑
轻风吹过田埂的镶边
线条千百年来忍耐着自己的优美
天空遍布音乐性的念头
每一片田地内心都有颤抖

雨落在耕牛的蹄印里
水洼里得见云和天的瞳孔
四季绘刺出一亩一亩的草木的蜀绣
那么多空着的谷仓等来了祝福

青瓦屋檐下的人们从碗里感受到恩典

在这梯田的腰部
一条小渠沟拂动衣袖
鼹鼠从洞里探出头来望天
制服上的纽扣发着幽光
这大自然的土著，用昏暗眼神
瞥见了我这个在世界独自旅行的人

2014年2月

古 榕

如果每个人的灵魂都是一棵树

那么，孔子孟子的灵魂分别为松和柏

曹植的灵魂是一棵冲天白杨

陶渊明的灵魂应该是五棵柳树

李清照的灵魂是一棵海棠，陆游是一株梅

郑板桥的灵魂是一丛竹子

而诸葛孔明的灵魂呢，我相信，一定是一棵榕树

比如，当年他亲手种植在

四川省宜宾市长宁县梅硐镇的

这棵大榕树

这棵千年巨榕，已长得与旁边山峰齐高等宽

将路边石碑裹夹进虬劲错节的胸中

树枝粗壮宽敞得可作道路，树上长树

它已成为草木中的圣贤

这千年榕树，唱的分明是老生

玄服、黑袍、太极图、阴阳鱼、一绺绺长须

有道家之韵和儒者之心

精明老成，神机妙算，未出茅庐知天下

那种树的人，进驻史书，安居小说，在戏里演千遍万遍

而他的灵魂，躲在这偏僻山野

如此蓬勃

2012年10月

乘高铁过泰山

时速302公里，海拔1545米
情何以堪！

身体的时速和心的海拔
相遇，轻视尘间琐事
形成旋转合力，支撑起了内心的坍塌
重新获得坚定

高铁如鸿毛掠过泰山
一个四肢伏地，用钢铁爱着大地
另一个昂首向天，以岩石来展示永生
它们形成座标
其中，一轮满月正在升起

此刻发生了什么
黄昏，山坡上的红瓦屋
朝田野敞开着门，吸收隆隆声而震颤
在孤寂中预感到了春天

我忽然想下车，跑上前去

为我的过往，请求它的原谅

同时对它说：

"我相信幸福！"

2014年2月

冰激凌小店

天空被用卯钉牢牢固定

小店在下面穿粗布衣，偶尔耸耸肩

隔壁住了西南风

不远处河水起了皱纹，树林刚刚理过发

乔治·华盛顿塑像

戴在小镇胸前

窗子朝西，涂着眼影，只一扇

木板上注册冰激凌芳名

花台布的笑容周围，有一圈译文

小店还有一个厚嘴唇的门口

阳光爱这门口，我们也爱

那就坐在门前板凳上吃

必须零度以下才能挺住

由于热情而苏醒，愿望和呼吸那么晶莹

纸杯对里面充满歉意

牛奶和可可自愿定亲，不分彼此地相爱
蓝莓却抵抗奶油，闹独身
荣华全变成虚汗，一生白费

小店似乎从不郁闷
管它三七二十一
如果生活是苦的，那就只好多吃冰激凌

2008年9月

草丛里的拖拉机

一辆废弃的红色拖拉机

在草丛里卧眠

把水码头镇的晌午压出了一个弯

它趴在大地上

仿佛卧在一块喷香的披萨上面

浑身的力气是后遗症

留下的车辙还在闪光

粮仓里那些玉米棒子全是奖牌

它的口号是："扎根水码头，志在北美洲。"

身体上有一处伤口

那里流下过柴油味的血

如今只能认风作知己，阳光就是故里

我疑心它有苏格拉底的智慧

总觉它鬃毛飞扬

会随时站起，朝不远处的田埂跑去

它没注意到一朵金光菊
生长在它背后
一直望着它，想开口说：我爱你

2008年9月

去基韦斯特

岛屿跨海大桥岛屿跨海大桥岛屿跨海大桥岛屿

跨海大桥岛屿跨海大桥……

佛罗里达群岛以42座大桥为手臂相挽

把灰狗巴士送出去400里

一路向西、向南

在大西洋和墨西哥湾之间，在海天之间

在一枚刚刚升起的美国月亮和中国女诗人的乡愁之间

在五音步抑扬格的十四行和有平仄的七言绝句之间

一路向西、向南

这是一辆汽车能够写在海上的最长的句子

句末的感叹词就是终点——

椰子树把果实夹在腋下，木芙蓉把红花插了满满一头

蕃石榴绿绿的，一颗颗敲打着屋顶

野鹤单腿站在无人的滩涂

海豚追着汽艇，把会喷水的脊背露出了海面

海是拼音文字的海

是《老人与海》的海，富含碘和盐

是的，我要去的正是欧内斯特·海明威的老家

想去看看他那座英文版的庭园

还要把一朵从东方带来的小花，郑重地插在他的门前

2006年的春风把我一口气吹过了太平洋

一直吹到这绿绿的墨西哥湾

此刻灰狗巴士越走越轻

下决心开到底

一路向西、向南

2006年5月

芝加哥

没看到密歇根湖和西尔斯大厦，没遇见迈克尔·乔丹

我只停留2小时18分钟

自万米而降又升至万米之上，从一架飞机到另一架飞机

你是我脚下一块巨大的踏板，芝加哥

在亚洲的中国，在山东的济南

有一个村庄叫八里洼，处处栽种着白杨

我从那里默诵着诗篇一路而来

你只占据我一生的2小时18分钟

仿佛惊鸿一瞥的艳情，芝加哥

这是奥黑尔国际机场，元音和辅音在相爱

我胸中澎湃着的声母和韵母，则像各自走散的亲眷

电子显示屏是最大帝国，有着幅员辽阔的表情

那些地名，一起在用力

推着地球这颗勤奋的行星转动

我的行李箱因小轮子加速而变得轻盈，芝加哥

从跑道到停机坪，到航站楼

沿着英语的通道和扶梯走，并乘上了轻轨

我的名字叫梅，这个原本植物模样且暗香浮动的汉字

在登机牌上只剩下了声音

2小时18分，芝加哥，请告诉我

哪里才是我母语的登机口

是的，在这里，我看见每一个人脸上都写着：USA

2006年5月

太平洋

太平洋已有些旧了

因为航班的穿梭，因为满载货物的轮船的划痕

因为卫星频繁地传送通讯信号的缘故

请翻看去春我的外交辞令：

"美洲大陆是一间卧室，亚洲大陆是另一间卧室，

中间的太平洋是来来往往的客厅。"

既是客厅，何妨摆一席盛宴

更何妨下一盘棋

它以满天星斗作赌注，成为祭坛

它用众多海沟来演算代数和几何

它的呼吸巨大，向整颗星球倾诉衷肠

它连皱纹都是那样汹涌

它以白令海峡为界，这边的水说汉语，那边的水说英语

它用一个个岛屿将自己的演讲标点

它是真理，是正义，是四大洋里的苏格拉底

一个写着我的名字并装满巧克力的邮包

正怀着与白求恩相同的心情

飞越它的上空

一条带罗盘的鱼，游了三百六十五天

从资本主义游到社会主义

距离我家门前的那条河，仅还有一公里

我的心划分出多个时区，后背恨不得长出螺旋桨

我的身体一边晚霞斜映，一边正太阳升起

我的记忆的赤道和北回归线如此清晰

我把厨房里的卷心菜当成地球仪

我用才华腌制鱼子酱，把一盆鸡蛋汤想象得浩瀚无比

是的，太平洋已有些旧了

那是因为你在那边我在这边

并且我总把它当作镜子在梳妆的缘故

2007年8月

寄往水码头，致JM

"E-mail收悉，见屏幕如晤

我爱着你信里的英文——

你讲述的大雪是一场形而上学，是大地的空白预言

皑皑白色之中，那蜿蜒的黝黑带状

是芦苞芙小溪，大枫树光秃，风没有上工

于是画面又成为禅宗

木屋前的玉米田卸空了，鼹鼠偶尔出洞

窗檐下粗大的冰凌

是命运的铅垂线，直指地心

三只狗可好？

最小的那只眼神温润，可还记得我——

前年夏天初到时，绿酒一杯，小窗浓睡

我的梦境朝着整个大平原延伸

它趁机揪下并衔走我一只拖鞋上的小花，还不肯赔

此时在地球这边我还穿着呢，左脚缀花朵，右脚没有

一低头就看见不对称的美

小木船还在吧？

曾记得，我俩刚从木屋露台下的码头出发

就把自己当了麦哲伦，恨不得一口气划向伊利湖，进大西洋

从地球后腰绕到中国

终在小半天后，于两英里外

在蓼草和睡莲间翻了船

在桥下等来救援，木船被拖举倒扣到汽车顶

浓重的草香使八月变得年轻

你那本全地球只有七个读者的哲学著作

是否已接近尾声？

我的诗，读者为零

柴门轻掩，从不上锁，你就四处游走

而我在第三世界，窝在装防盗网的水泥楼

壮怀激烈，半个冬天在读康德

我得说，我爱上了你的同行

这个终身未婚的德国男人

还有他头顶上的星空

我们何时再聚首

行李箱怀揣着地图

那在空中奔驰的大屋，叫飞机

让快乐遍地都是，让一生成为一道优美的圆弧

以高高飞翔来抵御一颗星球的绝望

从出生地到异乡

看见天空的碧蓝，大地的金黄

书短意长，键盘鼠标意犹未尽

即颂大安，路也顿首，某年某月某日，灯下。"

2010年1月

| 第二辑 |

母亲的心脏

她的胸部上方偏左，即当年佩戴领袖像章的那个位置
——那个最革命的位置
开始塌陷了

她的曾经被我吮吸过的左乳房的背面那片区域
——那片最慈爱的区域
开始疼痛

她无数次因我的胡闹而生气并且用力的那片面积
——那片最喜欢说教的面积
开始衰败

她的被我的远行而牢牢揪住的那个地方
——那个仿佛被别针穿插的地方
开始退化了

她那已跳动六十多年，其中已为我跳动了四十年的器官
——那个伟大的器官

此刻正因缺氧而悲伤

2011年5月

在河边

母亲坐在河边，河道蜿蜒

蜿蜒河道用流水和蓝白草来抒情

从南山水库一直抒到黄河，抒到渤海和太平洋

母亲坐在河道最大的一个拐弯上

她长长的叹息也在此拐了弯

泡桐顶上晴空万里，风从东南朝着西北吹拂

我拎着两罐中草药，朝河边走

贫穷和理想在身上叮当作响

时代日渐肥胖，我拖欠了它一笔十年旧账

河水的细流有着悠远的口音

母亲高兴在这样的好天气里，忽然看见自己的闺女

她把一个药方子当信仰，从惊蛰喝到端午

那药方里有半夏、桃仁和麦冬

还有孤独、宿命和苍茫

人生在中途，露出它的凉意和黯淡

我陪母亲在水边坐下
用我的手揉着她的晚年
向下望那河道，台阶滑腻，拐弯拐得有些艰险

2011年6月

心脏起搏器

两根导线，带着古老敌意，兵分两路

沿血管的悬崖

潜进心房和心室

最后抵达的是身体教堂的尖顶

在左肩胛，用切芒果的方法切开皮肉

埋进一个魔咒

让它以颁布法令的口气

一刻不停地对不远处的心脏说：跳吧，跳吧，跳吧

缠了绷带的日子又安装机器

人不再仅仅是生物的人

我的母亲，需要每年被检修一次

我的母亲，需要每十年更换一次电池

机器穿插在骨骼之间

机器进入血肉

机器进入意识

机器进入个人史

机器进入母爱

一个理想国就这样建立

真理以铀的形式

存放于一个小方盒

通过驱动心脏来驱动了一个家族

起搏器终会

驱动一个时代

以及地球的公转和自转

活着原本一场虚拟，如今更加盛大

2015年1月

手术室走廊

墙上的钟表

把三个指针抱在怀里

秒针像直插的匕首，嚯嚯的走动声

包含毁灭

刀片、剪子、钳子、镊子、钩子

正在对付原罪

血在升华，针在血上刺绣花朵

纱布的告解和棉球的忏悔

是洁白的

亚当和夏娃

在伊甸园里游手好闲

后代们因他们的错误

而历尽苦辛

一只垮掉的器官，一只沦陷的器官，一只崩溃的器官

一只存在于无根据的希望和绝望中的器官

想通过一台美国在瑞典生产的仪器

寻求正义

命运用口哨吹着交响乐

命运在空气上行走

并留出一个

开着的后门

长时间疼痛之后的少数不疼痛时辰

就是快乐

导弹在命里狂轰滥炸的间歇，就是平安

一次又一次未遂的恐吓，都是祝福

我并未望向窗外

但感到附近教堂在安慰我

它尖顶上的风

意味深长

2015年1月

ICU病房

监护仪、呼吸机、麻醉机
心电图机、除颤仪、起搏器
输液泵、微量注射器、气管插管

所有仪器的良知都全方位打开
劝阻一场巨大的返回
它们辩论，它们游说，它们争夺统治
被电流赋予自由意志

死亡有一个引擎
正在人体版图上创造自己的未来
悲哀在空气中开垦着一块田地
把所有的氧都用尽后还使自己有盈余

受苦是现在进行时态，受苦是真理
受苦有一个豪奢的目标，有一个枯瘦的时间表
它以自我为中心
一条道走到黑，不拐弯不回头

天空降低一寸，地平线后退半米

除去各科ICU，建议设立爱情专科ICU
作为致命疾病的一个变种
来自内部的暴政
终使爱在恨上签了名

夜幕降临ICU
地狱屋顶上开着花
天堂的探照灯斜斜地映过来
窗外，大街上的人们不知置身何处
仍在讨论着未来

2015年2月

与母亲同行山中

依靠心脏起搏器的动力

母亲跟随我进了山

胸腔里似乎有咔哒咔哒的声响

六十九岁，她靠一台进口机器获得了强大的内心

雨后的山岚，随地势赋形

谷地怀抱满满的槐花，使空气香甜

坡路上，认出忍冬，只需望一眼，感冒即愈

穿越沟涧时，遇到一只松鼠

一口气跳跃三棵柏树

母亲找到山韭和苦荬菜，像找到童年

她谈起十年前那场车祸

和我那死去的父亲

我佯装轻松，不让她看出我每天还在与父亲交谈

看，那亿万年的山崖，背着十字架

面对它们，谁都太年轻

父亲去矣罢了，跟亿万年山崖相比

六十岁跟一百岁没什么区别

我用与天等高的理论从哀伤里杀出一条血路，让母亲释然

山腰的酒旗飘在风的括号里，我提议到那里吃晚饭

松菇炖土鸡

那是我的最爱

我们正从时间里一点一点地后退和隐去

当我们从时间里完全消失之后

这一座座青山还在

星星依然在上空运转

就像我们从没来过，就像我们从没来过

2015年5月

阳台上的韭菜

韭菜生长在阳台的花盆里

一丛一丛，把花盆当成田畦和原野

认为自己一望无际

是的，谁也不曾规定多大面积才叫一望无际

也许该贴个卡片当指示牌："勿踩庄稼"

专给七星瓢虫和蜻蜓看

集市的韭菜因农药而凄凄惶惶

母亲只好在花盆里搞栽培

以火柴棒当犁铧，以紫砂小壶做灌溉设备

用蒜白捣碎芝麻来施肥

这是精确的、务实的和专业化的农业

毫无疑问，这些韭菜都是

坚定的绿色保守派

根茬是悠久的传统，每一次割刈

都使一个家国更团结更强壮

太阳每天为它们祈祷三次：清晨、晌午、傍晚

它们有自己的地平线，有绿油油的荣光

这是我亲爱的母亲的农场

方寸之地，一望无际

阳台上花盆里的韭菜

以自我囚禁的方式获取自由

就像我，把个人藏进五十四平米之中

人际关系全面崩溃，不出门、不社交、很少网游

只站在垒起的书脊上眺望远方

感到心事浩渺，一望无际

是的，谁也不曾规定过多大面积才叫一望无际

2012年5月

除　夕

我用一瓶红酒将旧年一饮而尽

用它所包含的全部幻觉，搭一座桥

在今年的痛心疾首和明年的重新做人之间

妹妹弟弟远在别处，已各自成家

大树枝分杈长出了小嫩枝

此刻他们在异地团圆成江山社稷

天刚擦黑时，我到楼下河边烧过纸钱

捎给天上的外祖父母、祖父母和父亲

此刻他们正透过层层夜幕俯瞰我们

以及这幢一室一厅的房子

周围爆竹声声，衬出这里太初般的寂静

这房子闹独立，把自己当成一颗缓缓转动的星球

通过窗户这唯一公共点，跟欢乐这条轨道相切

"在黑暗中，如果还想被看见

就必须让自己发光"

上面只居住了我和妈妈——两个单身女人

年龄相加，超过100岁

她一辈子忙于钻木取火，我毕生埋头于结绳记事

她把年夜饭做成写实油画，被我吃成印象派泼墨山水

当我说美利坚，她谈卡尔·马克思

我想，如果此时电话铃忽然响起，接通的该是天体物理

在那一端开口说话的

很可能是上帝

2012年2月

青砖灰瓦的楼

清朝的砖民国的瓦

附属回廊环绕主楼，构成庭院迎风半开

葛藤才爬了半个山墙

泡桐在开花，暮春是泡梧花的家乡

哦，分明是数学系，却摆了文学的架势

我看见父亲在走动，一个长相与我酷似的人

在楼道初亮的光晕里，在窗外树荫下

1961年—1965年的清贫和暮色之中

毛蓝布中山装和软底布鞋是谦卑的

命运逼着他把高傲的头

低了再低

我的母亲正在省城郊区的中学读书

她隐含在父亲的某个函数方程里

那时，我在哪里？

在一朵蒲公英的绒球里

在从天而降又蒸发了的雨滴里

我是他的代数算式里的未知数

风吹过树梢，父亲多么年轻
辞别这幢楼的那一天
可预感过头顶的穹窿将变为忧虑
连万丈阳光都是冰冷的
从背过身的那刻起，这楼就成了无法回返的
遗址一座

而今，我像一个答案，为何来此？
八百里外，烟雨中，有父亲的另一幢微楼
不是青砖灰瓦的
是水泥和大理石的，占地两平米
那里有世上最简单的算术：生卒年相减
得数是短短的命一条

2012年5月

挽 留

此刻，诗歌多么虚妄

所有形容词都令人嫌恶

只剩下那些不及物动词是真实的

脉搏跳动，像狂风中的火苗

呼吸深陷在泥泞里

心是一只折翼的鸟

墙壁白绿相映，在徒劳地祷告

输液器里的点滴替代钟表计量时间

阳光在窗外怯生生地伸缩爪子

万物焚烧，增加着新的刻度

天空蓝得犹如复写纸

谁都要到那里去

我们会像一只茶杯那样被轻易打碎

像花朵被生生摘下，扔进污沟

像一盏小小油灯忽闪着熄灭

整个世界，佝偻起腰身

疼痛一点点开掘土壤，像只老蚯蚓

连指甲也会积劳成疾

谁都要到那里去的

仿佛隔着茶色玻璃

那边望得见这边，这边望不见那边

只有清明这天可以相通，两边的人彼此想起

唯有这件事情无法抗拒

这是天下最高的法律

我们在爱情和荣誉里浸泡过的肉体

像一只酒瓶里的人参

在星一样远的岁月里渐渐失去滋味

变得跟一块棉纱或铝合金无异

谁都不会躲过去

谁都不会像轮船绕过暗礁那么幸运

今生到达的任何地点

都不过是通向那个终点的驿站

当生存开始借助于一根木拐杖

那表明躯体已比枯败的树枝更僵老

当涂了蜡的彩纸扎成花环

为什么那么多的鲜艳竟可以汇聚成悲哀？

人生从子虚走向乌有

自出生起就开始倒计时

其实三万六千日只是同一日

光阴迅猛，如同车轮吞噬道路

为什么为什么我走过大街和人群

在任何一块玻璃亮晶晶的映照里

看到的总是童年？

那些衣冠楚楚的药瓶是一种承诺

被委以起死回生的重任

我发誓——要让你活下来

我要与大地上凡能发出响声的事物

一起吟唱，把你挽留

用意志的铁钳把生命的螺丝重新拧紧

用愿望的电气焊将知觉的琴弦再次接上

让比化工厂管道还密集的血脉继续奔流不息

这些念头过于强烈，使我自己产生晕眩

使星球的公转与自转也改变速度和方向

我还要大声地、大声地诅咒疾病

用我所通晓的每一种语言

以及此种语言所能达到的最恶毒的程度

以便从中引申出微茫的希望来

把无当成有，把绝望当成激情

当悲伤已夺走了全部泪水

我只会咬紧牙关，一声不吭

这个世界不是我们的，它只属于风和静寂

一片沙滩或月光下的杨树林

也许比我们更接近真理

汗流浃背挣来的蝇头小利正在发霉

婚戒和纪念碑发出空空的回音，骨质疏松

哦，我们，永远在加减乘除的我们

不过是化学方程式里的物质与元素

土壤里的磷，沸水壶里的喧响，交响乐的音符

最终还将是书面文字里的一个语气停顿

风发疯地刮起来，大雨滂沱

墙角布满象征或隐喻的阴影

这白绿相映的墙内的空间多么狭小

在它之上是天空，是全世界的屋顶

世界的主题思想是否该总结为光明？

太阳像盛世的皇帝，勤勉地上朝

灯光又以绝对优势为黑夜加冕

使之趋于白昼，如果

我们永不疲倦地睁着双眼

并像猎狗追逐野兔那样追逐欢乐

是不是，是不是一生就可以成为三生？

我发誓——要让你活下来

是的，连我的牙齿也充满决心

连我的骨骼也充满祈祷

在废墟上建一座花园

所有鲜花都年方二八

空气健康得足以把内脏感化

是的，如果这个地球已经衰朽

那就让我们缔造一个新的地球

1998年8月

二十七年以后

这是野菊把空气熏香的下午
这是二十七年以后的下午
我看你来了，姥姥
世界上你最疼爱的那个人
——来看你

我猜想宇宙运行有加速度
使得二十七年这么快就过去了
生与死还在无休止地辩驳、协商
草根深深扎入地下，仿佛阳间阴间的联结
你埋在下面的骨殖，哪一块曾抱过我
哪一截是抚摸过我的头发的
还有，你的微笑，牵挂，细针密线的深情
是不是让这坡地的植被吸收了
那些茎叶上的斑斓色泽
是从土壤里散发出来的秘密

姥姥，秋天的阳光多么慈祥

清漆一样涂在我快要三十岁的身上

一切将腐朽，如这西风里大片大片的衰草

对于未来，没有永远的防腐或保鲜

我们该怎样互相思念

隔着比钢筋混凝土还坚硬的时间

以及比时间更坚硬的遗忘？

姥姥，如果我要给你写信

该往哪里寄呢，死就是

一个人把自己在这世上的地址丢失了吧？

死是否还野浆果般新鲜，落日般辉煌？

在人之初失光的记忆底片上

殡仪由于绝望的悲哀，竟成了盛大节日

长歌当哭，在山路上高高飘扬

用黑白两色遮住我幼年的瞳孔

姥姥，你在二十七年前

将生命的债务连本带息地还清

在寒冷的年关彻底结账

因此没有谁能把我三岁时的模样

比你记得更清楚，记到生命最后一息

记到坟墓里去

我是蓓蕾，把你的臂弯当作枝条

我像风筝那样在你目光牵引下飞翔

可是谁会料到呢，死亡已走得那么近那么近

是定时炸弹藏在厢房某个角落

疾病从一个末梢蔓延至全身

吱吱嘎嘎的门槛充满阴影

四十九岁的年华，绸缎小袄装在红木箱子里的青春呵

突然间——戛然而止

天空狞笑，大地倾斜

二十七年了。这个年数足够

使我在没有你的世界里长大并历经沧桑

怀念在尘世里抹着厚厚的油脂

呼唤撞在地上又折射回身上

姥姥，你并没有消失

我下巴的侧影据说长得与你一模一样

你的一滴血留在天地之间

如今在我体内已变得浩浩荡荡

我把这满山秋色看成你的魂灵

此刻在偏西的阳光里听到你在喊我的小名

用家乡话把阳平阴平读成上声和去声

现在是1999年了，是世纪末

地球由于欲望而正在发着低烧

像你做针线活计那样，我这一生也只能

仔仔细细地做好一件事情

梦想的潮水高过现实的堤坝

生活是众多纸张装订起来的样子

透过最日常的景象也能瞥得见死亡

它夹在一本书的扉页里，藏在一只橘子里

闪烁在车轮的飞速旋转里，裹在爱情的晕眩里

以及写在一片叶子脉络清晰的背面

死亡无处不在呵——

它是姜黄色的，并有废旧书刊的气味

它存在于未来的每一秒里

简直如同路标总在视野前方

毫无疑问，终点与这个秋天的距离也是限定的

从出生那天起就已经预约

肉体为什么不能至少跟一座天主教堂那样坚固

却像从上帝图书馆里借来的书籍

到了期限必得归还

姥姥，我的寂寞而早逝的姥姥
我的面容无比模糊的亲人
你告诉我，死亡之后的日子究竟多么漫长
二十七年已经过去了
还有多少多少日子等在那里，无色无光

1999年11月

迎 接

再过两个月，我的小侄女

你就要来到世上

一个散发着奶油冰激凌味道的小小孩子

会使即将来临的春天变得昂贵

使所有付出的代价变得超值

本世纪重重的大门就要吱吱嘎嘎关上

你要在一年之内经历两个世纪

大家都认定你是个女孩

就像认定生活该有一个黄鹂般脆响的灵魂

认定窗扉将因一株石榴树的努力而楚楚动人

日子在挂历上像跳房子一样叭哒叭哒地跳着，进入倒计时

虽然现在你记忆的纬线尚未长出

你的芳龄还是个负数

可我仿佛早就认识你了，我的小侄女

我叫小梅，是你妈妈小菊的姐姐

那么，你理所当然应该叫我姨妈

做你的姨妈，于我算是最好的职称了
我在远离你的另一座城市做教书匠
你出生的那刻，我也许正站在讲台上
别忘了给我发一封加急电报
把你的啼哭声也发过来
为了迎接你，我早在身体里挂上了灯笼
为心情缀上了流苏
你是你父母今年最好的科研成果
还有，你的祖父母，你的弹吉他的舅舅
我们大家准备像卷心菜那样
用层层幸福把你包裹起来

此刻你还在一个古老而柔软的小房子里
打瞌睡，跳踢踏舞，或吮吸手指
我们在这座房子外面为你忙忙碌碌
在北方的天空下满怀期待
太阳是这天空的瞳仁，它热烈，它默无声息
暖温带的气候如同甜蜜干爽的果脯

也许你长得还有一丝与我相像的地方
比如眉毛，或者下巴——

像散落在一部厚书里的熟稔的只言片语

这些微小的地方会使我惊讶

成为我更加爱你的小小理由

张开透明的掌心，让我看看手相

猜测你所有未知的命运

我还要以蒲公英为声母，以凤仙花做韵母

拼写出你的名字，并放到大地的唱片上

让它不停地嘟哝

孕育你的十个月因兴奋而双颊绯红

春天是有翅膀的，就生在世界的脊背上

三月无比单纯地敞开心扉

我的小侄女，粉红色的小侄女，你将诞生

诞生在花园的衬裙里

1999年2月

一床棉被

妈妈在窗下给我缝被子
用操劳的针穿起了牵挂的线。
我歪坐床头，脚丫子放上书桌
我是她的女儿。

十年前，姥爷到集上买布料和棉花
请姨姥姥做了这床被子。
姨姥姥是妈妈的亲姨，姥姥的亲妹妹
穿针引线时想起她那早逝的姐姐。
姥爷在一个有薄雾的清晨抱着新被子
比冬天早一步赶到城里。
那时我在恋爱，对自家人态度漠然。

姥爷于前年年底去世
他对我的挂念以一床棉被的形式
留在了人间。
棉花是上好的，洁白、善良、厚道
那是一床棉被的传统美德

布料图案上的野菊盛开

如今陷在怀念里，枝叶花瓣看上去有点疼。

我把脸贴在棉被上。

我挨着死去的和正在衰老的亲人

挨着二十四节气和大地体温

上面有姥姥味、姥爷味、姨姥姥味和妈妈味

母系家族的爱多么绵软多么悠长

我是大家最惦记的那个孩子

2003年6月

| 第三辑 |

女生宿舍

其实女生宿舍就相当于

古代小姐的闺房

如果念的是中文系

那就算是潇湘馆或蘅芜苑了

窗外晾晒的衣裙正值妙龄

被阳光哄骗又滋养

楼下槐树影里总有男生伫立

失魂落魄，个个像贾宝玉或张君瑞

挂风铃的窗口在虔诚的目光里

被仰望成革命圣地的宝塔

这是通往爱情的最后一站，如同

前哨阵地

像债务似的，书桌上堆积着待补的笔记

给好日子笼罩上阴影

桌洞里塞着伙食费换来的口红

这是给美丽上交的那么一点点税

印染床单铺着大面积的鲜花

花丛里隐匿着蜜蜂般的机缘

床架上的长筒袜很慵懒，卖弄风情

一件颜色愁苦的连衣裙月经不调

布娃娃比她的主人还出众

脸上的小雀斑古色古香

日记本暗暗地，在枕头底下怀春

一枝红杏已伸出了硬纸壳的封皮

还有刚刚封上口的信函，郑重其事得

犹如精心装修过的房间

像不爱江山爱美人一样

她们有时不爱身材爱巧克力

看书时总要吃着五香瓜子，咔嘣咔嘣

其速度与准确度超过阅读

并随时准备像嗑瓜子一样

把她们自己的身体也嗑开来

方便面吃多了怎么有股肥皂味呢

它的保质期跟爱情一样，超不过半年

而最疯狂的恋爱，也无非等于

害一场偏头痛，副产品是一大批

诗与散文，属哼哼唧唧派

时光跟口香糖般耐嚼，不见消耗
总得发生点儿什么吧，总得
从青春这朵玫瑰中提炼出点什么来
在最关键的时刻
最好是病上一场，病成西施的模样
爱情跟革命的性质相仿
往往在身心链条最薄弱的环节
取得胜利

在这里，每个人，都把自己当成
生活这部影片中的女主角
并把某男生的殷勤看成上帝发给自己的
奥斯卡奖

1998年9月

演乐胡同

这胡同有一段京韵大鼓那么长

住83号，该处在最昂扬的那个音符

这是北京，−16℃的北京

你棉衣上的牡丹多么浓艳

照亮冬天，照亮了前程，文音

瘦弱而倔强的长沙女子

撑着一片像理想那么大的屋顶

把岁月又厚又亮地涂抹出来

在自画像上，却把风水宝地般的青春

画得那样荒芜，文音

小院上的天空被乡愁遮了一层又一层

檐角把飞翔的姿势做了上百年

青瓦带着麻雀叽叽喳喳的色调

上面的衰草看上去那么清末民初

你又宽又长的灰格格围巾像五四，文音

先前屋里一定住过穿黑裙白衫的女生

那木棂窗台上一定放过《新青年》

如果可以选择生存的时代，我会选择1919

可现在是1999，是世纪末

我全部灵感的总和就是这条胡同，文音

灰尘、风和思想在这里都呈横置的筒状

槐树光秃秃地幻想着新图案

为了留住这个冬天，不惜将所有时光焚毁

那些没有被画出来的颜色

贮存在阳光里，像爱藏在身体里，文音

我从济南的舜耕路来到北京的演乐胡同

这个从千里之外像私奔一样匆匆赶来的清晨

慢慢长大，变成中午

胡同连着大街，似小溪汇入大海

我们从人群里把彼此认了出来，文音

2000年2月

109

水 仙

向水仙求婚

赠送蜜蜂、面纱、玻璃纸裙

还有《琵琶行》

在盛了清水和鹅卵石的碗中生活

培育闲淡和自由

向水仙求婚

远离土，用根的脚趾抓住石子

世上最美的青草

双肩瘦削，眉心带痣

把水波当成道路

向水仙求婚

心比尼姑还干净

影子是清凉的

在北方含糖的阳光下

说着潮润的闽南话

向水仙求婚

等待花从球茎中醒来，斜开在鬓角

溢出体内的蜜蜡

用香气建一座王府

跟大蒜苗把界线划清

2009年1月

砂 锅

把肚子腆得那么圆

为了盛得更多些

两只胖耳朵，用作耳提面命

它蹲坐炉台，敦实得像个福字

连打盹也蹲着——

热爱生活，有什么错

它是一个小国

有陶制的爱，泥土之爱

是山顶洞人用过的一小堆土

它很粗糙，很幼稚，很暖和

一棵水粉牡丹歪印在上面

代表农业欣欣向荣

红豆、薏仁、百合、大枣

煮成了亲戚

小米和绿豆

熬成夫妻

火苗正蓝，满心喜欢

它的久经考验的屁股

偶尔会想念最初捆它的那根草绳

多么结实柔韧

它还梦见过进博物馆

贴上标签当了文物

2009年1月

素食主义者

只挑带禾木旁、米字旁、草字头和木字旁的来吃
名词经过食道的引擎，会演变成动词
一定是环保的、和平的动词

我的牙齿温良恭俭让，我的舌头悲天悯人
我的肠胃天人合一
我的身体天涯何处无芳草
我从头到脚就是一部本草纲目

我的皮肤是小麦和稻谷的颜色，脖子荸荠白
发型是韭菜倒垂、海带盘起、雪里蕻披散开来
倘如我是男人，就以豌豆苗为胡须
我的四肢是莲藕做成的
在甘蔗的脊骨和芹菜的肋骨之下
心脏是一只洋葱头，肠道是长长的豆角
还有香菇的肝、大白菜叶的肺、西红柿的肾和土豆形的胃
一粒花生是那没用的阑尾
我有圆锥形竹笋肚子、南瓜臀和丝瓜腰

114

乳房是两个白色花椰菜，生殖器是仲夏的带籽的莲蓬

而脸是水果：椰子的脸盘、芒果的额头、苹果的双颊

草莓鼻子、樱桃嘴、菱角耳朵、葡萄眼睛

而目光是切开来的甜橙

右下额的痣如同一粒小小桑葚

我的革命手段是温柔

我的哲学是非暴力，我的道德是平等

我穿着胡萝卜缨子的T恤和荷叶的短裙

向所有哺乳动物、爬行动物、鸟类、鱼类和昆虫

致以人类的崇高敬意——

2007年8月

115

康德的皮鞋

济南，京沪高铁，北京南站
4号地铁至西单，换乘1号线至天安门东，D出口
中国国家博物馆，南区二层8号展厅——

偌大一个京城

我只看见了一双皮鞋

启蒙的款式，纯粹理性的手工，形而上的黑色

把五千年中国的方形脸庞

映亮了那么一刹那

我千里迢迢，只为瞻仰这双皮鞋，德意志的皮鞋

终身未婚的宅男的皮鞋

伊曼努尔·康德穿过的皮鞋

此时摆在玻璃柜，居于异国国土正中央

它有点儿旧，既亲切又从容

底部只沾了哥尼斯堡的尘土，从讲台到林荫道

最大半径不超过四十公里

可谁也无法否认，它足不出户行万里路

甚至踩涉过银河系和星云

这是一个真正的世界公民和宇宙成员

穿过的皮鞋

天才从来都是人类的意外

孤独是铀，发生核裂变，释放巨能

过度发达的大脑使身体羸弱

157cm身高撑起天空，先天性狭窄胸腔之中

思想纵横驰骋

脚不必大，而在于是否坚实

每天午后三点半，这双皮鞋守时的漫步

在地面产生了普遍法则的压强

并从哥尼斯堡传递至全欧洲、全世界

使地球转动得更加稳健

人类在上面寻找自由

南区二层8号展厅，中国国家博物馆

天安门东，D入口，1号地铁至西单，换乘4号线至北京南站

京沪高铁，济南。

2012年3月

在印刷厂

印刷厂有两颗心

一颗是蔡伦的，另一颗属于毕昇

还有神经，连着比尔·盖茨

至于仓颉先生，只有遥远到模糊的背影

机器饥饿，喂以成吨成吨的纸

纸的白在追求字的黑，字的黑在证明纸的白

刷刷刷，一页，一页，又一页

A4或B5型号的子弹，平行着连发射出

铺筑文字的沥青路面

时光就这样被固定

灯下的长工搬运方块字或字母

版式有田畴的秩序之美

标题放大，与爱相关的字符加粗，给真理加下划线

以此找寻自己的祖国

最终送至厂房，文字和纸张的集中营

汗牛充栋，浩如烟海

给孤独标注上页码，再用寂寞来装订

那些以饭碗为己任的论文，冒着热气
使一页页白纸失了贞操
被污的纸，深陷复制粘贴阴谋的纸
多想变回纸浆，变回森林
诵《白桦》，吟《陌上桑》，在春天重新抽芽萌长
而窗外，沙尘暴漫漫，从西北向东南
正吹过人类的头顶

我的待印的考卷，那些诗歌试题
它们手无寸铁，竟然
向刚刚印刷的报纸上——尚散发新鲜油墨味的——
地震、战争、屠杀、车祸、核武器、超标甲醛
泥石流、瘟疫、矿难、色情、毒奶粉、气候变暖
温文尔雅地
全面宣战

2012年4月

苴却砚

一小块峭壁悬崖
从金沙江畔移至书房

河流裹挟泥沙淤积成岩
内有水和铁的灵魂——光亮妩媚，黑色沉稳

基于对一块石头的理解
从中发现月亮、群山、竹林、稻田、蛙塘

每一块石头都有眼睛
当瞳仁被找到，整块石头就从万年睡眠中醒来

研墨捺笔，大做文章
汉字在纸上如山耸立如江奔跑

2014年5月

日　晷

我跟太阳签订了契约：它按光的几何来照耀我
我用它的影子表达时间的几何

我陷于孤立，精确计算那巨爪的角度
我是自身又不是自身
时间存于这里又不在这里

太阳摆脱星云，我放弃群山
请大地后退一下
一根针和一个圆面，我与宇宙的政权直接联系
分和秒以隐喻的方式袭击过来
我是本体的真像，太阳和时间的双重纪念碑

预感来自地平线第一缕曙光
正午盛大，全神贯注撑起光的拱廊
在黄昏哀歌里，镶边的云打着哈欠
即使在没有光和影的阴天和夜晚，我也要仰望

我相信太阳的存在

远远超过相信我自己的存在

比向日葵更爱太阳，颂赞并感恩全都默然无声

我是另一个西西弗斯，推动的是阳光这块亘古巨石

风从一棵小草上刮起，拂过时，我的指针颤抖了一下

后来从一位少女的脖颈上拐弯

吹向西周和巴比伦，吹向整个历史

迎面而来的灿烂，使虚无打开，谁正以光速

返回到无限的过往？

2014年6月

上官婉儿之墓

地下深埋千年的墓室
使垂直上方地面的果园花开明媚，结果繁硕

地球又疯转了千余年
你一直忍受着时间和空间的逼仄

霓裳羽衣拂过江山的面颊，锦靴踏至社稷的头顶
却不得不跟祖父和父亲在同一命里追尾

额角的刀剑疤痕妆饰成梅花，也终未躲过诛杀
写史书的人来不及灭口，就美化血腥

你的骨骸在21世纪的这个早晨
在秋风中，散发出唐朝的体温

附近机场一架波音737正在起飞
比任何驿马和御辇都要迅疾

电视剧里下着雨，你恋爱、作诗、批奏章、拟诏书
而考古学家正在荒野里与你面对面

你看，这同一颗太阳，已远没有你那时明亮
月亮即使在中秋，也赶不上你那时圆和胖

国家一次又一次更名，早已不叫唐朝
自从以瘦为美，喜欢减肥，再无女人做到皇帝或宰相

2013年10月

火车站

它的人群苍茫，它的站台颤动

它的发烫的铁轨上蜿蜒着全部命运

它的步梯和天桥运载一个匆忙的时代

它的大钟发出告别的回声

它的尖顶之上的天空多么高多么远，对应遥遥里程

它的整个建筑因太多离愁别恨而下沉

它的昏暗的地下道口钻出了我这个蓬头垢面的人

身后行李箱的轮子在方块砖上滚过

发出青春最后的轰轰隆隆的响声

2004年9月

有恒渡口

只有无语的江水了解我们的秘密
上面漂着辽阔的感伤
并肩站在一棵枫杨树下，等半小时一趟的航班
这个春日的午后是《诗经》的断句，宋词的残章

看那艘就要靠岸的船，上面载了好几辆三轮车
车上一捆捆莴笋堆得那么高，绿得那么骄傲
一些背着画夹的学生靠在甲板的栏杆上
学业和青春一起没完没了

那船朝我们开过来，一个王国开了过来
它热情拥抱岸，并在一阵喧嚣里吐故纳新
烂菜叶子味脂粉味汗水味顿时在空气中弥漫
充满对世俗生活的热爱

我们终于上船，像两个惊叹号立在船尾
看我的样子，像不像旁边的当地人？
你像打开一本搁置已久的书那样打开了我

一个北方人在南方找到了故乡

心在水天之间轻轻摇荡

船还没有开

只是吭哧吭哧地发着牢骚

在马达的嗡嗡震颤里我很想把头埋在你的胸前

很想听听你身体里那些江河湖海的合唱

船还没有开呢，我却看见

岸边一棵蒲公英在风中晃动了两下

它毛茸茸的种子就像寓言一样，已悠悠飞过江面

2004年7月

泉 边

我和你坐在泉边。

这水多么清，它来自山的脉管

名词在渗出岩层之后变成了动词

又从方形池塘流往沟涧，七步成诗

就像我爱上你之后，欢乐溢出身体的斜坡。

这个晌午，我和你在山间

用泉水洗过手和脸

静静地倾听早衰的白杨树叶子落下来

不知蝉儿正在吟咏的是五绝还是七绝

山高水长，一道多么古老的琴弦

我的心跳则是轻松的快板。

因为这个世界上有你，所以我才爱它。

如果你是这山里的樵夫，那我必定是采桑的蚕娘

我们还要一起在这世上活过许多年

梵歌在菊花丛上萦萦绕绕，在我们身后

是那雕梁，是那画栋，是那一座汉朝的寺院。

2004年9月

住下来

今夜我想在这岛上住下

我的身体里缠绕着一卷上千里的旅途

我想在这里住下来

没有路灯的小镇适于安眠

并促使我点燃起身体里的那根灯芯

我想住下来，现在是秋天

风有了凉意，像一条长纱巾

汉语在黑暗的草木里窸窸窣窣

狗嘻嘻哈哈地拐过街角，狸猫在废弃的厂房里流亡

那有着淡淡反光的是生长紫露草的池塘

我要住下来，枕着江堤，斜倚衰败的果园

把脚伸进蒲葵丛林里，沉沉地睡去

我的梦会恍恍惚惚地

爬过矮矮的坡，涉过遥遥的水面

登上远洋轮船的舷梯

2004年10月

端　午

现在我离你很远，有着长达千里的孤单

一只雨燕用俯冲丈量悬崖

我揽了一面上百亩的天池当作镜子梳头

艾草从坡沿漫上门楣，最后栽到了内心

炊烟是失传的书法，糯米包在苇叶里默不作声

透过松蛾炖土鸡的香气，抬头望见

一个挑豆腐担子的人晃晃悠悠出山门，只一步之隔

就把生意从济南做到了泰安

假如这是两省两国两洲之交界，他的生意将更加辽阔

现在我离你很远，在海拔700米的幽深和清凉中

野草莓为我而红，溪边蜂箱酿出有槐花味的甜蜜哲理

一只蜘蛛在一脉泉眼上方织出一张中国地图

赤松乃不知有汉，栗子树无论魏晋

忽然我的耳朵滤掉草间虫鸣，辨出你的手机短信

嗯，你够不到我，今天你就是从汨罗江边发信，我也不回

当我正准备像一粒苍耳那般生气，泪花却开始闪动

这是风，是风迷了我的眼

2005年6月

忘记还有这么好的阳光

这是长城外古道边

小餐馆背依一面山崖，上方有长城蜿蜒

崖根堆放一大堆圆木

在温暖的晌午，散发松树魂魄的清香

一生中很多时间都浪费在写诗和恋爱上

忘记了还有这么好的阳光

大家坐在圆木上闲聊

爱情在时间里发酵成绯闻

作为幸存者，我已忘记过去，即便有诗为证

伤痛也已忘记，只剩淡淡羞愧，亦可忽略不计

如果九年前来这里，女主角定会哭倒长城

美景即噩耗，在命运关隘

杏花短命凋零

而此时山野寂静，我有局外人的自由

一只蜡嘴雀从杨树枝间跃过，不知所终

一生中很多时间都浪费了，忘记还有这么好的阳光

抬起头来，长城作为山际线，对蓝天一无所求

整个华北正在春风里打开

2014年5月

白日梦

你是我的白日梦

从我这里到你那里有一条秘密线路

我脚踏实地地过着虚拟的日子

窗帘上的花纹在昏睡

上一季的浅色衣饰陷在回忆里

封闭在这幢房子里的时间发出了甜味

我用身体做温度计来测量室温

体内有一柱水银，热胀冷缩系数与你有关

像你那片海边的潮涨潮落

我们之间只有序言没有正文

只有问题没有答案

我多么胆小，只能把你变成意象写进诗里

我擅长声东击西，热衷南辕北辙

将青纱帐谎称为甘蔗林

用汉字的枪林弹雨遮蔽着你掩护着你

没人说得出你是谁

我这疯女人，这井底之蛙，用今生去抵一场梦幻

没有孩子没有男人没有家，只有莫须有的你

我足不出户就成为流浪者

心里的荒草在你走后的日子里迅速长高

隔了上千里不过是隔一道矮篱笆

薄暮连着清晨，在昼与夜肝胆相照的北方

我知道再也无法回到前朝

假如有一天你突然杳无音讯，四壁该是多么压抑

我会集结起所有写给你的诗浩浩荡荡去找你

假如有一天你真的要去他乡流浪

别忘了像带上一只水壶那样带上我

我愿与你一起沿街乞讨卖艺为生

你是我的白日梦

一盆扶桑爱上了草原

一颗钻戒爱上了大山里的矿脉

一片城市的西郊爱上了祖国大西北

一扇窗子爱上了整个苍穹

一道并不成立的命题爱上了绝对真理

把你当成终点，太辛苦

幸福被拦腰斩断，我被冠冕堂皇的生活除名

你只是、只是我的白日梦

我要的是最低限度，以便对人世彬彬有礼

我自己关自己的禁闭，专心致志等你的消息

一生的光阴全都用来越轨和走神

2003年3月

在八里洼

在八里洼，我习惯疾走

没来得及写出的文字在心底发霉

在八里洼，我连衣裙的方格是清贫的

穿着35码的凉鞋

走在从老宅到故乡的路上

槐树有着最慵懒的绿

爱俏的芙蓉把粉红色绒花戴满了头

在八里洼，抬头见山

低头看见水从桥下流过

我想一个人，他一定知道我在想他

黄昏我抱着书本出现在菜市

拎回一捆油菜和一袋樱桃

小聂正走在来我家的途中

她的大眼睛不停地在说："我多么快乐！"

八里洼地图装在胸中

我的房子很重要，需用红色同心圆圈表示

我还想在这张地图上画上小聂，画上我

还有那个我老是想着的人

我这个今生的过客就这样

找到了幸福，它这么实实在在

在亚洲，在中国，在山东，在济南，在八里洼。

2003年6月

午 夜

我的心跳跟随石英钟的指针

开始加速

这是辽阔的午夜

这是发辫松散的午夜

电话机灵魂出窍

地球侧着身子

把这块版图转到太阳背面

整个白天我昏睡，只有现在警醒

我的睡衣里充满遐想

爱情放在抽屉里，一行又一行

一只蛾子在灯影里累了

枕头上的刺绣开始轻轻呜咽

但我固执地相信，电话会响

2003年4月

胡椒粉

你说：“过日子怎么能

没有胡椒粉？”

仿佛说：“文学怎能没有苦难感？”

于是我去买胡椒粉，万香源牌的

我和这袋包装精美的调料一起

满腹辛辣，等你来

我准备炖一锅热火朝天的鱼汤

撒上轰轰烈烈的胡椒粉

庄严地端到你面前

我会和一口大锅众志成城

让香气达到严峻的程度

让你在美味面前发抖、投降

这袋胡椒粉产于2002年6月

保质期为一年

而现在是2003年5月下旬

即你必须在一周之内赶来

否则我将和这袋苦命的胡椒粉

一起变质

2003年5月

晚 宴

我是黄昏里操劳的女人
挽着袖子，露出细白的臂腕
我从水里捞起嫩生生的菜
刀切在案板上，一下又一下
加重着窗外的暮色
厨房里聚集了对生活的热爱
刚刚燃起的炉火多么温暖

我像只鼹鼠，搬出屯积的食物
我想在把西红柿和茄子下锅之前
都亲吻上一遍
烤鸭在印花瓷盘里想着来生
我找出了颜色焦虑的红糖
准备了一些油盐酱醋，一些葱姜蒜

客人在门厅里。他们和易拉罐一起
等候开饭
筷子勺子摩拳擦掌

我贤良的笑容是最好的煲汤

在谦卑的屋檐下我找到了幸福

幸福就是包围着我的

热气和油烟

2003年5月

143

邮　箱

我们相隔多远？从网易到新浪那么远
邮件在光纤里穿梭
偶尔携带以回形针固定的包裹
字母上浮，汉字在邮箱底部沉没

我写给你的信，你写给我的信
有时同时跑过孤独的山东半岛
半路相遇，佯装不识
继续朝对方营地奔去

我们在邮箱里绝交过19次
运载过胡萝卜、小红辣椒和蜂蜜
偶尔产生这样的念头：
一起在邮箱里过夜

个别时候，鼠标卡哒一声
信会弹跳，改道去流浪、走亲戚
迷途知返或者走失

我曾经丢失过一车干草

大雪封门，树林沉寂
一种不可知的力量使邮箱连接了穹苍
一封你写的邮件穿过茫茫风雪
支撑起我的夜空，把星星旋拧在幕布上

2014年2月

写给卡米尔·克洛岱尔

去他的，罗丹

跟人生达成妥协的男人

成了大师

命运圈套带着诅咒

把女人箍紧

两片国土接壤演变为

宗主与殖民

去他的，罗丹

以及罗丹的影子和气息

十五年，无限中的一个片断

日历计量着的也许是

某种不存在

卡米尔·克洛岱尔，你的爱

住在他之中

那爱映照出了你

性别和才华在打架，在摔跤

巴黎的天空全靠爱情支撑

而今没有了力气

那就索性让天空

塌下来吧

一个在别处也可寻得快乐的男人

别再让他劳你的大驾

他爱的女人已化整为零

分散在各个不同的女人身上

你作为大于整体的部分

别再让他劳你的大驾

十五年，使用的是正常人身上的疯子部分

爱情把爱情摧毁

重新在一起的方式

唯有分离

彻底删除才能永久保存

从相爱那刻即被抛弃

去意已决，才对得起那初次相认

卡米尔·克洛岱尔

要么百分之百，要么零

谁也不是谁的狱吏

靠进入大师作品而获永恒

是某些女人的愿望，并不是你的理想

如果可以的话

爬上巴黎圣母院钟楼，爬上埃菲尔铁塔

逃离罗丹

坐上马车，坐上汽车，坐上轮船，坐上飞机

逃离罗丹

你做你自己的方舟

逃离罗丹

此人不再是

你在这颗星球上找寻的

不再是

地图上的目的地

相距甚远地活着

爱泥巴胜过爱男人

亲爱的卡米尔·克罗岱尔

围攻的号角吹响了

孤身一人

对付所处时代

和湿冷的精神气候

心要横放，姿势保持僵硬

一旦柔软则全盘瓦解

抽掉脚下大地，那就抬头望天

并向上飞翔

那个玩泥巴的小女孩

独立于欧洲的空气，制造出自己的空气

一道自上而来的光

照在手上

斧子、凿子、雕刀使得

石头血肉四溅

渐渐浮现出

一个宇宙

亲爱的卡米尔·克洛岱尔

朗姆酒使你飞翔

高度易燃易爆物品

对人性平均分深表怀疑

把雕像砸碎或扔进塞纳河

没雕刻出来的远比已雕刻出来的部分更重要

不能在有形中找到的，就在无形中找到

生活不安全

房屋做掩体，仿佛外面正在空袭

以木板钉死窗户，跟人类不再往来

突破人的限度来寻求自由

飞越罗丹和罗丹们的头顶

直达蒙德菲尔格和沃克吕兹的疯人院

一个人类中的异族人

与上帝不再相连

四十余载，只差一疯

唯有一疯，方可抵掉

十五年相守

以两倍岁月来缄默

直接判决，不许上诉

赤手空拳，自己即雕像一座

一双看不见的手

将你雕塑成这般

挺立于石楠的荒野

墓前1943—NO.392字样，最终也被

推掉铲平

脚下一片虚无

弟弟从远方归来

看见苔藓和地衣的孤独

那个女疯子或女英雄

你在哪里？

当许多年以后

电影《卡米尔·克罗岱尔》

被翻译成汉语《罗丹的情人》

在不属于你的时代和国度

你又不甘心地

死了一次

2015年1月

151

从今往后

从今往后

守着一盏小灯和一颗心脏

朝向地平线

活下去

从今往后

既不做硬币的正面，也不做它的反面

而是成为另外一枚硬币

从今往后

恺撒的归恺撒，上帝的归上帝

方圆十余里，既无远亲也无近邻

小屋如山谷，回响个人足音

从今往后

东篱下的野菊注定要

活过魏晋

比任何朝代都永恒

2015年1月

失败里有美好

失败里有美好
雨终于从乌云坠落到大地上

失败里有美好
火车脱轨，减速，停下，再也无须追赶时代

在失败里低下头去，签名认领一枚
把我炸得血肉横飞的炸弹

在失败里弯下腰去，不小心跟大地押韵
拾穗的穷人既不上诉也不呼喊

在失败里蹲下身去，丛林颤栗
食物链末端的小动物把碎牙齿咽回肚子

往事归零，记忆清空，岁月格式化
除了一身轻松的风，失败者什么都没有

丢了江山社稷，一条道走到了黑
寻不见曾并肩同行的人

按原路返回，独自路不拾遗地往回走
把长长的来路辨认

诀别被追尾的爱情，诀别打了折扣的疆土
拐过一个弯，看见地平线

失败里有美好，它拉着我的手，领我回家
回到出发的地方

在失败里安居下来，夜不闭户，篱笆挡住秋风
在命运角落里，有破破烂烂的温暖

失败就是获救
在天花板上摆放太阳、月亮和星辰

失败把孤寂喂养得盛大
时间繁茂，空气生出苔藓

失败说方言，失败慈悲，失败是不动产
失败的沉静里有史前遗址的深邃

谢天谢地，我终于败下阵来
节节溃败地退回到了亲爱的老家

失败里有美好，天快要黑了
我面朝一条大河，坐在了小山冈上

2015年7月

| 第四辑 |

老城赋

1

云憨憨的，在半空背诵小谣曲

一滴雨做了逗点

风在裸奔，从东南而来，往西北而去

翻过了仅存的一小截城垛

城门不复在，只留空地名

古卷虚掩的地名，能从孔夫子血脉中

查找出花样年华的地名

这个国度盛产城门，专为攻陷或阻碍交通

专为宵禁之前让书生和小姐私奔

荷花端坐湖面，山影倒悬水中

柳枝以拂动替代一步三回头

一个又一个泉眼尚未完全瞑目

大地的凹形器皿

属阴性，形状温润

捧着玉液，跟天空干杯

碰出隔世的回音

若全部一饮而尽，就等于将一座城喝空了

若是空的杯，就只剩信仰在喷

这里的地层很有耐心

泉水以象声词和叠音词，以名词动用

讲着这北方城正在失传的方言

汩汩而出，如泣如诉，汇聚成溪，穿街过户

抚慰破败之地——

高都司巷、西更道街、将军庙街、鞭指巷、贡院墙根街、
　水胡同

县西巷、启明街、榜棚街、花墙子街、辘轳把子街、汇泉
　寺街

曲水亭街、王府池子街、芙蓉街、金菊巷、凤翔巷、平泉
　胡同

2

封建的马头墙、女儿墙、花格窗和青石板

半封建的灰砖缝中的苔藓、瓦棱上的草

方圆三公里

与世道结下梁子

统统害怕革命的荷尔蒙

钢筋穿老城区血肉而过

车轮碾过土木骨骼

电钻将几个朝代的神经末梢一起刺痛

一大片老城将心扯烂撕碎

看不完近在咫尺的狂醉

沃尔玛、大润发、恒隆广场、贵和酒店、新世纪影城

真理在握，发表演说

发誓要把家门口变成纽约

水泥和混凝土把廉价而刚硬的青春

献给了一个时代

幢幢商厦都是高富帅

胸怀巨大的自动取款机

日夜提取一个民族的勃勃野心

清泉是老城的图腾，是新街市的幻象

注册同一个用户名，使用不同的登录密码

泉水的琵琶演奏不出重金属乐

流啊流，流得哽咽，流得哀伤

3

府学文庙、城隍庙、观音寺、关帝庙、道观、天主堂、基
督教堂

砸毁又修，夹板绷带石膏支撑起扭捏的庄严

寄给阿弥陀佛的邮件，收到无量天尊的回信

国语的忠孝仁爱，学会了说阿门

似乎全都实现了友情链接

谁岂敢说："时代啊，你欠了我的!"

内心恍惚，无语问天

与苍穹构成一个寂寥

哦，不可知也许是唯一的知情者

生的意义正在屏蔽死的哲学

仅活在梦中是不够的，需活在梦中的梦中

而近旁的官府雕梁画栋，千年更换几茬，轩昂依旧

泉群汹涌，像八百里加急文书一样环环紧扣

一条泉河由高墙大院滔滔流出，蜿蜒于民间

风吹着落花漂浮水上，写着千年的汉字

姿势、呼吸和思绪都是东方的

六书造字依的是情感的逻辑

把人生搞得像一场微醺

这城的地下不得不忍受着自己妊娠般的丰饶

遍布又凉又甜的脉管

泉水流啊流，流得那么哀伤

4

青石楼和民宅墙根都浸在泉溪中

你家灈缨泉，我家小芙蓉泉，他家腾蛟泉，那家刘氏泉

枕泉而居，弯腰汲水，浣衣、淘米、洗菜

芝麻门当户对地爱上了绿豆

茶摊儿因地制宜，泡出清冽，泡出云自无心水自闲

冰糖葫芦斜插在麦秸捆上，把巷口遥望

春风吹过烧饼铺小掌柜的头顶时

拐了一个弯儿

挑豆腐担子的小贩挑着自己的命运

他的豆腐里有空山新雨的味道

至于泉池中的泳者，仿佛施洗约翰来到约旦河

体内必有另一泉池在奔涌

滚铁环的孩子把铁环一直滚过童年界限之外

门前绣鞋底的老妪将目光投到今生之前和来世之后

日脚并不强盛，却是稳健的

在屋瓦上移动了上千年

这闲暇与温柔，在注定了的命中

先是赶上穿制服的新时代

接着又来到尘埃和狼烟的现在

终于四面楚歌

地球已容不下几条旧街巷了

泉水流啊流，这清凉之花，幽闭之花，围困和突破之花

这洁白、黝黑、微蓝、碧透之花

这拙重、飞扬、圆通、清远之花

这充溢、肥硕、懵懂、对称之花

这既理性又不羁的天才之花

这来自地下岩层的浪漫主义，流得哀伤又哀伤

5

状元府、饭庄、钱庄、装裱店、客栈

经N次社会财富重组再分配，已姓氏混乱，归于百姓

院落随深深草木一起老去

如意纹雕刻把祝福的心思放在暗处

门前石狮仍呆在自己的义务里，梦境却延伸至动物园

读破万卷书的文人行万里路去赶考

中途停驻，在曲水流觞的Party上即席所赋之诗

被刻在了居委会的后墙上

燕子李三飞身跳出的窗口

已成风和月的废墟

刺客大半个世纪以来一直在逃离京城的途中

通缉令至今留在互联网上

一座戏台回荡或铿锵或婉转的腔调

台上却是空的，戏词零乱，部分散佚

那檐廊栏杆上的牡丹，在几百年风雨里没能凋落

盛开成了隐喻或象征

一直开到了隔壁中学女生的裙裾上

千年钟楼只剩下青砖基座，铜钟早已搬迁进武侠传奇

砖缝里新近萌长出一棵榆树

今夕何年，它作为密码联接起了古今

时间是谁的长工，在虚无和阴影上劳动

让一个民族的心底生出寂寂苔藓

不远处，白妞黑妞曾经说书的那整整一片大湖

浩浩汤汤

容不下我的惆怅

泉水流啊流，流得哀伤

6

杜甫设在湖心岛的酒宴已冷

两行辽阔诗句占据着细窄的亭柱

游客很想靠手机短信和微博返回伟大的唐朝

曾巩手植海棠的后裔

有铁栅围绕，刚漆上了一层崭新世界观

年年开出八大家散文那样的花朵

少女易安依然坐在宋朝的门槛上吟哦

聚乙烯塑料袋在溪亭日暮里翻飞

而过了长江，就到中年！

乾隆和郭沫若，都是为了刻石碑而写诗的

二人相遇，寒暄、致意、留QQ号

那些石头患上了题词强迫症，并传染给其他石头

辛弃疾家铺大理石，王士祯园子拆了，老舍门庭已改

蒲留仙知己的旧屋荒着，适宜遇上狐仙

遥望志摩遇难处，飞机与山尖的擦痕依稀可辨

附近的星巴克，从内心深处飘香

窗前坐着穿对襟盘扣立领服装的男人

一边喝咖啡一边敲电脑，分明是写游记的老残先生

一部隐形的文学史摊开在大街小巷

以作者所属星座来划分章节

采用宿命论来力透纸背

王维来过，李白来过，东坡来过，苏辙来过，张养浩来过

现在我来了，光阴接近曲终和离别

为了活命，把自己伪装成一座核电站

我是前世的谁，谁是来生的我

站在雄壮的十字路口

车海沉浮，命悬一线，唯红绿灯主宰世道公正

繁茂的春天填补不了生活的空洞

泉水还在流，流得那么哀伤

7

老城的命，是为了革的，为了断的，为了殒灭和湮没的

是为了给未来和前进让路的

是为了让我们拜访旧日时找不到故里

找不到堂前的燕子

找不到溪边静静开放着的那株蜀葵

是为了让时代的账号里

一口吞下一整本最新版的《资本论》

推土机在逼近，靠着变速器、制动器和离合器的意志

这巨大的偏执狂，一点一点

逼近到了生和死的分界线上

它说不定有三叉戟和六个翅膀，会四面转动

说不定头上有犄角，身后有尾巴

还暴露着发黑的青筋

当它的铁爪触碰到地下水的毛细血管、静脉和动脉

藏匿在岩石晶体里的柔软之泉

禁不住发出疼痛的尖叫

推土机感觉自己如超人，感到自己有种

　苦大仇深，既先锋又后现代

高高骑在了上帝的脖颈上

推土机只相信进化论，需要以铲除古旧之物

作为自己的给养

推土机只为自己活

推土机的青春万岁

推土机知道钢铁是怎样炼成的

推土机的履带碾过月光，碾过钟声和情怀

顺便在泥泞上签名，表示责任全负

大地上有多少这样的推土机

铲削着我们的内心

开动推土机的，是一台更庞大的机器，冷静而抽象

而泉水还在流啊流，旷百世而一遇的笑容

变成了哀伤

8

这个春天，我忙里偷闲，躲进一本《历城县志》

从繁体汉字里打捞千年前的乌托邦：

从自家门前，乘船依水路而下

涉泉溪，进洲，入湖，归并河中

水面最懂得白云的心思

石桥爱上了自己臂弯里的布衣女子

稻畦、莲塘、芦荡、水村、渔舍——闪现之后

到达郊外一座青灰色小山前

《左传》中花骨朵形状的小山

有孤零零的古拙，有一个春秋古战场的过往

彼时一条大河尚未改道入海经过这里

白杨摇曳在高爽的城南，烟雨弥漫低洼的城北

是的，我想永远藏身于这本谦谦君子口气的县志

不辜负里面的大好河山

还想把户籍迁到这本县志里去

做一位坊间的女乐师

将我的抑郁症谱成一曲《桃叶歌》

忽然，一阵急烈的电锯声把我惊醒

切割铝合金也凌迟神经

我一下子从古旧的书脊上跌落

合上县志，感到更加孤单

泉水还在流

轮廓似表盘，隐含永不停歇的指针

泉水还在流

流线型的韵律和速度表示：心脏在跳动，时间在流逝

泉水还在流

那保卫着的，也用来葬送

9

高都司巷、西更道街、将军庙街、鞭指巷、贡院墙根街、
　水胡同

县西巷、启明街、榜棚街、花墙子街、辘轳把子街、汇泉
　寺街

曲水亭街、王府池子街、芙蓉街、金菊巷、凤翔巷、平泉胡同

默念这些名字，从一条又一条老街上走过

170

像走过一部青灯下的线装书

字迹在毛边纸上飘摇

正在模糊、黯淡、洇漫、消亡

极个别有幸嵌入诗中的，方可不朽

它们在诗中焚香，为诗外的那一个自己祈祷

而那些还没有来得及被写进诗里的

做着邂逅李白的白日梦

想通过一首流芳千古的大作来规避无常

城在失忆，城在变空

头脑的空，胸襟的空，心的空，灵魂的空

无处安放的空，深不见底的空，瞳仁失丧的空

五经扫地的空，风雅颂俱焚的空，没有耶稣的耶路撒冷的空

五千年的空，地大天大的空空如也

仿佛人类未曾来过地球那样的空，创世纪以前的空

本原的空，无为的空，预定的空，形而上的空，二律背反的空

不久以后，谁还会涌起

从一截古道残壁来感知祖国的奢望

谁能逆着时光行走，回到叫作故园的地方

老街老巷无法被翻译成外语，获得移民或流亡的好命

只能不出五服地入土为安

嘘唏是温吞的，缄默打着寒噤

泉水在流，空空地流，空空空空地流

泉像是一个又一个空洞

10

躲在城中角落写诗的人

无法摆脱写诗的命

偶起念头，关紧门窗，只读英文

把自家当成英格兰或美利坚

可惜总是拗不过空濛的水墨的基因

身体里那个用明月和青铜筑起来的图书馆

孔孟老庄从未下架

写诗的人相当于城墙根儿下的一只蟋蟀

词汇模仿泉的奔吐和喷涌，韵律模拟水的跌宕和流淌

在一片草叶上值勤

在一块砖瓦缝里充当荷马

眼底铺着旷野，心中怀着帝王，头上顶着冠冕

言辞中闪烁着黄金

可是，谁会在意一只蟋蟀

拿出整个体腔来鼓噪和弹奏出的

这老式的伤悲呢

谁会在意一只蟋蟀

触角和肢节对塌方险情的预知和敏感

对芭蕉雨、桂花、天井、织机和思君断肠的留恋呢

泉水在流，流到了城外

流到了诗词和地图之外

泉水在流，良人何时来到可安歇的水边

泉水在流，从腹中流出活水的江河来

泉水在流，谁能赐给喝了永远不渴的水，直涌到永生

泉水还在流，那旷世的哀伤

尚未杀青

2013年9月

城南哀歌

1

我万里无云

我独来独往

我对一座山心悦诚服

山之褶皱和岩层是地质说明书

血肉之躯在它面前至暂至轻

有毁灭感的晌午让人看见了余生

风压抑着想法，吹过深深的柏树林

整座城空洞，徒有虚名

众多捕猎者不知所获为何

这是多山的城南

诗歌在汉语城头上破晓，睡眠和梦话免费

读书读到抽筋，写字写到麻木

一边背负自己一边自我辩论，直到举目无亲

二分之一个我已经瓦解

此一半对彼一半无牵无挂

接下来以单音节形式存活，附加微粒与碎片

思想整天在南山上奔窜，偶尔靠近悬崖

在城之外遇见城，在山之外遇见山

2

山坡上，坐着半生

背风处的缓坡是谦逊的

遥望山峰庞大的额头，遥望上方的青天

以及时间之悠悠

像麻雀一样，爱着冬天的灰绿和枯黄

除了阳光，还有谁能促膝倾谈

一朵亚克力桔梗花在刘海上斜斜地开放

眼镜在鼻梁上确立了王位

黑色呢外套裹着有边有沿的虚无

我不在此时此地，从未在此时此地

我跟过去的我和未来的我在一起

手上有带壳银杏果，微毒，日啖不应超六颗

却一口气吃掉六十六颗

不远处几个空坟窠洞开

似乎想说话，却已失语

郊外的太阳把泥土记在心上

从死者胸膛上生长出谜语般的杂草

一百年算什么，转瞬即逝

人已迁走还是复活？

3

东离西有多远，我离得就有多远

长相三心二意，妆扮不愿花香鸟语

站在世界的边上，临着人间的深渊

一阵又一阵晕眩

天离地有多高，我离得就有多远

从日出之地到日落之处那么远

春天，沙尘暴吹来一个黄土高原

冬天，雾霾把仪表撑破

我离得越来越远

一个空了的躯壳，又以陷阱填充，空而又空

在大地上走神，地球踩着我的心向前滚动

一场白日梦足以让它停下来

肉身捆绑我，限制我，定义我

我的困境是宇宙的困境

4

这辈子去的最偏僻地方，就是你

见过的人民大众，就是你

唯一的证词，就是你

世界最大奇迹，是我遇见了你

有人忙于赶考，一生都在进京赶考

我的梦中人却是陶渊明

一只慢腾腾的甲虫注视前方

眼神绝望

5

半山腰，一座颓圮古寺名字正宗

其实只剩地基、底座和台阶

雕着莲花的巨石就这样看见了身后事

看见了自己的空

各朝各代吸进呼出的气息和打出的饱嗝

令碑文日渐模糊

一枝梅花从崖上斜插过来

究竟想说什么呢

我一次次到来，与山交换呼吸

与有名无实的寺交换虚无与苍茫

还要温习石头缝中的历史

（水泥是没有历史的）

时间是无尽的线团卷轴，贮存在钟表里

一点一点地向外抽，抽啊抽

掩埋一个个盛世，也将掩埋我

而山峦奔放依旧

6

众叛亲离之后，开始明辨是非

积木搭就的城南

松柏掌握话语权的城南

在家门口小河沟里翻船的城南

在地图上圈出来并争取自治的城南

临近黄昏的看望，很像扶贫

外面那么吵，屋里的小花静静开放

凉台上一盆芦荟，捧着卑微的青春

桌上冰糖橘是一个象征

心思简单得令人起疑

家里椅子共有三把

坐一把是独处，坐两把算交友，坐三把，就是社交了

有的人来了，却不知道

该坐在哪一把椅子上

不知怎样称呼才算合适

仅一个名词或代词，就能隔开彼此
甚至只嘟囔一个音节，世界就会倾斜和失衡
身体在门廊打转，开放时代的自闭主义者
在幻觉里等待事情发生

7

一捆又一捆汉字，堆成麦秸垛
高过肩膀和头颅
里面可有温热的鸡蛋或蓝宝石
藏匿着？

敲击键盘是发出的唯一声音
音调在静夜里高亢而悲壮
不远处的高速路上，欲望和速度成正比
与书中稼穑多么不同
独自一人的海军陆战队
侦察并突袭词语的碉堡，把句子的工事夷平
空白之页正生出眩晕的翅膀
光荣和梦想被埋进凉台的花盆
在泥土的幽暗协会中

被命令发芽

8

我被扔进了一个螺旋桨

作为女人的那一部分，与作为人的那一部分

分离开来

心里渐渐明白了

肉体和月球之间的隐秘关联

我比窗外那棵硕大无花果树更离谱

无花且无果

为伟大的零而奋斗

被太阳洗劫一空之后

只剩下了作为木料的身份

喉咙和食道统统关闭，不说话不吃饭

呼吸是被迫的，气体变固体

脉搏来自馈赠，并非自主

一整夜，雨夹雪落在窗台上，落在心上

我想让出我生存的位置

天成了铜，地成了铁

哪里是避难所？

把审判当恩典，把荆棘当冠冕

我在这世上的监护人

不会是任何人

9

人生单调之极

既没去过南极，也没下过牢狱

最大经历是在这个时代之南墙上

碰一鼻子灰

对于你，我是外地人

对于他们，我是外省人

对于所有人，我是外族外邦人

在中国，我说汉语却很少有人听得懂

从此，要像两只耳朵那样永不见面

谢绝来电，谢绝来函，谢绝参观，谢绝拍照

谢绝大街和市面

就这样各自走散

剩一场大雪来表达茫茫情怀

10

我对不起身体内的那个李白

里面甚至还有一座他的衣冠冢，等着春风来

我不应让只剩背影的青春坐冷板凳

活得保守，以古汉语写十四行；活得反动，远离十诫第七条

我不该如此暴烈生猛地

对付手无寸铁的日常生活

要恢复健康，先大病一场

要灵魂得救，先厌弃今世今生

要蒸蒸日上，先得破产

要聚首，先要生离别

要刻骨铭心，先挥一挥衣袖而去

要获得本质，当先给虚幻让路

要复活，必须先死去，涂上香膏裹上布，葬入坟墓

等待一个声音喊着我的名字，说："出来——"

迎风坐在半山腰，山下是街市

我已把这城南好好地爱过一遍，从年少爱到中年

从郊区的城南爱到市区的城南

从纸质的城南爱到数码的城南

从红砖到马赛克，从木头到铝合金再到塑钢

都是我爱着的城南

日落而作，日出而息

作为全城海拔最高点，不为俯瞰，只为触摸天空

活在城南，与本市其他区域无关

才华的行政区划在城南，幻想以城南为基座

命运在城南是磅礴的

大学、机关、银行和菜市纵横，若以诗的准则来管理户籍

仅有个别人在此栖居

为何聚于此？等石头开花还是等柏油路发芽

离开这里去远行是为了再次回到这里

去过美利坚了，足以支撑我把城南的日子

过成三万里之外的模样

当血管中奔突着太多疑虑

使呼吸不再悠远

方圆六公里，城南变旧事

请不要告诉我：城南是一场大梦

11

凡·高做过牧师，后来疯了

尼采自幼熟读圣经，外号小牧师，后来也疯了

——反基督，用的是基督徒的狂热

当他说"上帝死了"

这话之后半句常被忽略：就死在你们的手中

鱼在水中，知道水的温度和气味

如在水之外，就无资格评判水

耶稣与外星人有关么，他是不是最早的宇航员

他再来时会不会乘着UFO？

在大地上生息，云端一定有怜悯的目光

望着我们

没有敌人，只有昏暗的斜坡

不跟人群互动，不去破坏市容

甚至准备放弃与你交流

尽力躲藏，瑟缩着变小

在毛绒外套里与自己和睦相处

一边喝咖啡一边望向窗外

枯叶卷入泥水，冰碴留在车辙里

早晨跟黄昏下棋，构成昼与夜

12

在同一座城里划分南方和北国

最长的经十路当作赤道

城南继续往南十公里，是出生地

三山田峪交汇，众泉紧依磐石，像果汁机一样

从谷地里榨压出清流来

历城一中的钟声唤醒了围墙外的麦苗

父亲母亲相遇，我无形地存在于他们之间

一座绿顶红砖楼被高大白杨庇护，一定还记得我

因小产而体重四斤，哭声却震落树杈间的雪，惊飞喜鹊

正遭受歧视的父母为社会、为亚洲

错生了一个不合时宜的孩子

超大肺活量在窄小空间引爆

头脑里有众多无政府主义蜜蜂嗡嗡作响

父亲像诗人一样，没能活到自然死亡

在街道的纵横脉络上占卜命运

骑自行车去撞汽车

去世将近九年，我一直假装他还活着

把自己当成有父亲的人，而不是半个孤儿

固执地相信，终有一天我还会在尘世的某个拐角处

突然遇见他

13

童年土生土长，少年开喇叭花，青春上房揭瓦

中年与人群对峙

想把椭圆地球纠正成标准圆形

将北回归线往北挪移上百里

而老年会散发黎巴嫩的香气

心偏远至地极

生是休假，死是加班

死后，请将骨灰塞进枪膛

瞄准世界，扣动扳机

做这一系列动作时，要保持心平气和

要微笑着

而现在，独自往下活，暗暗地活

像一头耕牛一样默默无语

活得低碳环保，五脏六腑在平衡之中保持尊严

独自活下去

爱地球，亦爱火星和冥王星

安静等候命运的专案组和岁月的拆迁办

独自闯过每一天

坛内的面必不减少，瓶里的油必不缺短

一场必须破纪录的跨栏运动，要急速奔跑

翻越一颗被撕扯的心脏

一万条道路中只认一条，走投无路至悬崖

既不能折返也无法跳下

与人共处时的孤独，形单影只时的深渊

不知如何胜任自己

必须选择一个，按下确定键

一个人，不是疑似两人，更不必佯装群众

在任何角落，按天文学时间概念

丈量这短得可忽略不计并离题万里的一生

恐慌和卑微在星空里

得到和解

14

白日放歌纵酒，夜间秉烛漫游

总有人在书里等我，册页的千山万水

有沟壑、松林、草甸、石径、崖壁、庙宇、泉水

我想知道，哪一本最简洁有力

可以成为随身携带的祖国

翻过一切，到了另一边

就望见了大海

独行独坐独唱独酬还独卧

四十年的苍茫

两室一厅的孤独，五十三平米的富足

昏暗小屋像主人一样粗服乱头，却标五星级，赛别墅

桌上的半块馒头不会背诵锄禾日当午

咸鸭蛋不会背诵春江水暖

只吃蛋黄不吃蛋清，只吃白菜叶不吃白菜帮

我是败家子，败完了打算从头再来

而此刻，有人正按照严格的作息时间表

起承转合

真理被装订得整整齐齐

正反两面，印刷体，文白夹杂

那是向我一个人发布的红头文件

多么迥异，我的魂不在体内，而在背包里

失队离群，终跟流浪猫交上朋友

喜和忧，动辄漫山遍野

从这里到那里，中间隔了一条河

水的激滟里带着懒

堤岸上，挂了霜雪的菠菜还绿着

光秃的白杨在风中快意恩仇

15

想沿着家门口窄小的柏油路
一直走到天上

想把一架山当梯子
登攀到空中，一直到达宝座前面

想加大油门
闯过有红绿灯的十字路口
从今生直冲到来世去

人直立行走，比四蹄动物更容易抬起头来望天
而河马过于例外，为仰望星空，干脆把双眼
长在了头顶上

请给一架倍数足够的望远镜
得以望见上帝
我有许多困惑，向他一一提问

16

我对着墙壁发言

在死胡同游行，勇往直前

我名词动用

直截了当，一头撞在横断山脉

我的诗和罪形成同心圆

把性别放在括号中

我走过尘土飞扬的人间

留不下光荣事迹，身后无名

我血压低，头晕，太阳穴鼓青筋，在沉默中哗哗流泪

像园子里的草木一样卑微，相信早晨和露水

喧嚣簇拥着股市，一步步走向全线飘红

川流不息地吃饭，风起云涌地开会

客厅里的大赋冒着热气

形容词的荤腥和名词的油腻

合成灌装的液体

化工制作的雌性跳上房梁，成为美女

媚惑滋生着病毒，令癌症鲜艳

确定云朵也有阶级性

致使水系在入海前须互不干扰

而井水与河水相犯，犯下半生错误

后半生开始了，请筑坝建堤，兴起分水岭

表情变得多云

通向未来的指示路标有两个

一个叫阳关道

一个叫独木桥

从温柔的淤泥里救拔

体内的西北风从最偏僻角落吹起

血管中的字母散了队形

自由在脚下打开

爱是永不止息

要原谅七十个七次

得把这样的话背诵多少遍才能将心中狂澜平息

我不懂：城南有我，还不够吗？

17

我把谁当作良人，等在香草山

不惊动，不叫醒，等到对方情愿

直到天起凉风，日影飞去

我允谁以爱为旗在我以上

让北风兴起让南风吹来

吹在园中，使其中的香气发出来

我把谁放在心上如印记，戴在臂上如戳记

家中所有财宝都无法交换

众水不能熄灭，大水不能淹没

雅歌至此成绝响，最后一个音符坠毁，没有余音

接下来就是杳无音讯

你的雷达找不到我这个失联的航班

心上的尖刀要拔下来，留有窟窿也要拔下

痛苦必须耗尽，必须坠落，必须抵达终点

必须有期，不与未来相连

必须戛然而止于苍茫之中

如果还有心问起下落

只需遥指一下这城南的群山，山谷中的风

从此只爱——孤寂

只跟它惺惺相惜

它是我的江山，是我与命运抗衡的核武器

它后退，对延伸的路面和车轮怀有歉意

它让我在软弱中得到覆庇和能力

它广袤，大而鲜嫩，轻盈而单纯

它太平，离开生活的施工现场，隐遁于郊外和远方

它本土主义，在自身里面埋藏机密

它空悠悠，它蔚然而深秀

18

要回到原来

一块蓝印花布的样子

在和蔼的空气里

贴着安静的红喜字

要回到原来

旧砖路上绘着往年的苍苔

微风吹着年轻的裙裾，吹着这世上

孤零零的每一天

要回到原来

起初并不相识

只是听说过彼此

奥德修斯从未去过特洛伊，未曾漂流海上

素馨开白色花，开得无知无觉

要回到原来

我年少轻衫薄，怀抱一缕南风

君子伫立野地，混同于一株健硕玉米

各自偏安，扛着落日

没有千疮百孔，岁月浑圆

要回到原来

时间还储存在钟表和日历中

门前杨树仍姓自己的姓，后院蜡梅还叫那个名

比邻而居，月光为小径

做着注脚

要回到原来

放虎归山，完璧归赵

我把你还给你，你把我还给我

不必通缉，如此软弱无助之人

只会倒在自家门槛

要回到原来

或者论堆或者摊牌

坐成里程碑，躺成地平线

最小的国也有主权

也有一个首都

要回到原来

向生活缴械投降

削平我与你构成的锐角

以握手言和的方式永别

以无穷无尽的谦卑请求原谅

19

地势高爽的城南

一个下午灿烂，海拔在斜阳里放下身段

了不起的泰山向北延伸的余脉中

这是最后一座

当然亦可当是最初的一座，向南一路壮大成青未了

蜿蜒道路缠在山腰，我似一只七星瓢虫走在上面

以最快速度最高心志赶路

望过去却很笨、很慢

日光西沉，白月亮升起，星子也将出现

上万年的化石，上亿年的缓缓转动，就在身旁和头顶

山岗起伏，蓑草和青松相映

我注定不是乔木，而属草类

还是最低垂的那一株

未化的春雪零星散落于碎石间，是清寂和落寞

神的目光落在这里，昭示无限

我正在把这短促得像一声叹息的人生虚度，即将度完！

接下来是一场浩荡的返回，返回到

钟表管不着的时间之外

卫星测不到的空间之外

20

此刻下山

从城南的背面绕到城南的正面去

宛如为歇息而溜下思想的峭岩

山下还是高地，是海拔仍然高于全市的城南

那曾是共同的海拔，现在只是一个人的了

回首暮色中的小山，它在变绿，准备以欢乐束腰

通向家门的路，两旁有法桐和冬青

我想辨清并确认

我的孤单变圆

其轮廓类似城南版图

在山上待到天黑，渐消的夕光建起一个拱门

孤单之中有亮，有吹拂，有依有靠

南园草木知晓似水流年

呼吸凌乱，充满萌发的意念

据说此地

还在继续升高，以每年0.5厘米的速度

在平庸的世代，唯此事富于创造

2014年5月

随　园

1

随园在哪里？

曹雪芹知道，袁枚知道

红楼梦里的园子，写诗话的园子

让后来者在性灵说的香雪海迷途不返

太平天国以食为天，将名园夷为耕地

后来，部分区域由亨利·墨菲和吕彦直

设计成大学校园

东方风神外貌与西方筋骨相加

以一部圣经做奠基石

全中国最美丽最智慧的女孩子

999朵，每一朵都是红红的玫瑰

一个叫明妮·魏特琳的女人

取汉名：华群

她使随园一度做了生命安全岛

那是1937年，那是冬天，日历套了黑框

灾祸砍掉了地平线的一个角

长江成了这个民族的担架

此去经年，那些宫殿建筑，那些百年大树

理所当然都还记得她

每到学期伊始，都盼她回返

连风都在半山腰等她

2

这个跟陶渊明一样喜欢菊花的美国女人

那个深秋她种植的菊花开放，一盆盆摆放成长方形

越来越近的炮火

使花朵散发出了沦陷的气息

中秋节之夜有螃蟹、菊花碗和姜茶

啖饮下去的都是过于模糊的美

似乎有什么要把月亮一口气吹灭

感恩节那天，一场灿烂的英文晚宴

南瓜做主，火鸡说了算

被译成中文，却充满平假名片假名的预感

3

从东面岛国窜来的飞机

一架一架地哼唱着《君之代》

在别国的天空兴高采烈，像要去度假

空中狂笑引发大地呻吟

苔藓地衣一样卑微的苦力在抬水泥

防空洞在挺进在深入

大地以潜规则方式做出承诺

消防演习对于燧人氏的后代

就是救赎和戒律各自跑向对方

一座首都被搬动被挪移，人群涌出城门

抵抗者把大地天空当作墓地和遗书

四面是什么歌，围困了山高水长

十面有什么埋伏，包围了这个梅花的国家

4

鼓楼教堂，她在警报中祷告，头顶着炸弹祷告

"救救这座城市！"

她相信无论轰炸多么猛烈

教堂的尖顶也不会沉没

她不西迁，她不走，她留下来

她爱着割去枯草后的山坡，爱着灵谷寺

爱着古旧城垣

爱着随园里的草木

"我可以差遣谁呢？谁肯为我们去呢？"

船遇险时不弃船，母亲不丢下孩子

她只听从上帝的安排

5

胜利者的嘴脸因胜利而浮肿

在紫金山顶欢呼，用枪杆托举意志

旗帜上粘着一枚太阳，却与太阳法典背道而驰

因板块挤压崩裂而分离出去的岛国

对一个大陆所怀有的领土相思

全面爆发成不可一世

难道这是二十世纪的遣唐使？

像牧人率领一群羊

她引领一群中国妇孺穿过残垣断壁

穿过刀林与枪丛

穷的、弱的、老的、幼的、女的、来不及逃的

都被聚拢，当成宝贝

安驻在随园，那被刚刚缝制的众多星条旗手拉手

护卫着的学校

星条旗飘扬，在异国首都

做了巨大的创可贴

6

天不仁兮降离乱，地不仁兮使我逢此时

断水，断电，断路，断粮，断邮，断电话，断报纸，断无线电

断掉活下去的念想

血色艳过斜阳，火光映红夜空

六朝被一刀一刀地砍下去，血肉泥泞

孝陵卫崩溃，夫子庙半身不遂，新街口成手术台

浦口轮渡是活活窒息的瓶颈

与世隔绝的尸城，需要下一场福尔马林的雨

恐惧使空气分子发生裂变

活着成了最大谎言并被刺刀戳穿

生来为了被杀，不如待在母亲子宫不出来

死亡以突袭方式完成教育和启蒙

死亡在一座细腻温婉的城里赶集

死亡向往丰收，把一个贫病的国度当了肥料

7

他们闯进了随园

像野猪闯进玫瑰园

男权与胜利相加，产生海洛因

让脑垂体膨胀

使每一截花花肠子都绽放出油花

21名羊脂球挺身而出

生命发出裂帛之声

随园倾斜，无法安宁

女孩儿们失去香气

成年女子成为自己的遗址和废墟

腹中胎儿永远缺席人世，挑着灯笼从泡沫河上远走

刽子手也有女儿、姐妹、妻子、母亲和祖母

刽子手也被日头照耀

8

她奉陪到底一起承受，这默默的民族

已是苦和难的贵宾

她眼睁睁地看着

手无寸铁之人的死法多样又单纯

她为这个国度祷告，也为敌人祷告

"要爱你的邻居，就像爱你自己。"

东部岛国本性阴柔

有枕草子的清雅，源氏物语的幽玄

像俳句一样简洁地生活在意趣里的人民

用海草纸页将稻米整编成文件夹

清酒里荡漾樱花的魅影

而施虐者的躁狂基因从何而来

唯美竟渗透进血肉的味道

一身制服把人压进模具

一个口号腌制五脏六腑

远在岛国的家人

可否知道在西去的千年古都

他们的父兄、丈夫、儿子之所为

本民族的荣光产生仇恨的利息

统统储存在邻邦的银行

在具有共谋意味的民族犯罪里

个人承担的最低罪责在哪个刻度

当杀人成为巨大惯性

怎样的外来声音才能唤醒暴徒的良心

9

矮士兵越过星条旗去暴打她

瞄准她的枪口则对她怀有黑洞洞的敬意

因她受的刑罚，他们得平安

因她受的鞭伤，他们得医治

人们称她"观音菩萨"

其实，她是上帝派到中国来的以斯贴

体格魁梧，容貌庄严，一人救万人

如果她是以斯贴，那么，拉贝先生

就是末底改

南京，就是书珊城

他和她，一个代理市长，一个代理副市长

他，她，还有他们

是大卫37个勇士之中的24位

3.86平方公里国际安全区，庇护25万无辜

这是有决心的诺亚方舟

红十字外加一个红色圆圈的标志

与随园"厚生"校训相合

即使在战争中，创世精神也不可侵犯

上帝，请来到因儿子被杀害而心碎的母亲身边吧

请保护那些女子度过恐怖的夜晚吧

上帝，请让战争消失吧

孱弱的国民正在地狱里

度过平安夜和圣诞节

10

占领者作为占领者而统治

命令东八时区钟表调到东九时区

如有可能，会重划本初子午线，让富士山当格林威治

发糖、送米、慰问伤员、查体，剧照很祥和

想用共荣的油漆

盖住一层比一层更鲜更亮的血

此时缝进驼毛大衣衬里的8卷400英尺胶片

正择乘侵略者的军列前往上海

去往美国，去往远东法庭

随园依然战栗，日夜一级防范

抵挡逾墙之贼

西山教学楼外的枪声，南山公寓河边的尖叫

让随园的心骤然短路

11

她想替这国的民众向地球申诉

她提前构想出了英美盟军

她愿天气怜惜难民，将风调和到适合剪了毛的羊羔

她考察食堂里薄暮般的稀粥

她组织防疫告慰流行病

她筹集着柴草的悲悯

她的抗议书和请愿书企图抵达那些莫须有的良心

她在绿窗帘下写寄往大洋彼岸的信

她在呜咽风声里清点拒不说话的尸骨

她在悲伤里独坐到天明

她的短发和眼镜就终极问题进行讨论

她的长裙寂寞地燃烧

她与乌衣巷莫愁湖一起，唱着同一首哀江南

12

第二年春天到来得无比艰难

心梗的长江缓缓流淌

缠了绷带的城市慢慢苏醒

黄水仙、紫罗兰、茉莉花、月桂、绣线菊、白头翁

穿过一场雨夹雪

开遍随园的平地和山坡

青蛙在主楼后面池塘里躲过灾祸，又开始奏鸣

她养的莱蒂和朱力两只小狗

热恋上同一只小母狗

太阳还存，月亮还在

行过死荫的幽谷，来到可安歇的水边

复活节传递新生指令

孩子们找到了藏匿的彩蛋

她参考《纽约时报》来缝纫时装

她在课堂上带领大家

齐诵主祷文

13

可是，她的大脑录像带的齿轮

卡住了，卡在1937年之冬

今生再无其他日期

记忆把门反锁

脑力再也不能创造自己的未来

无法进退，不能暂停，惨景播放，永不停歇

只有失忆可以治疗她的PTSD

删除键却不知在哪里

自由这个词，被哄着套上了笼子的概念

她一遍遍询问上帝，为何允许自己唯一的宠儿人类

退回丛林，跟黑猩猩称兄道弟

明妮·魏特琳教授，或者华群小姐

头发生锈，衣衫疲惫

弹尽粮绝，身上贴了易碎标签

她自己最终选择

拧开了公寓厨房的煤气

主啊，宽恕我吧，我失败了

她在1941年的美国

被1937年那场发生在中国的暴行

间接地杀死

她是战士，也是遇难者，是三十万分之一

她待在东半球的年数超过西半球

她把九死和一生都丢在了人丁兴旺的中国

密歇根州雪柏德镇

墓碑上镌刻随园平面图

校园微缩，她睡在里面

几行英文簇拥着汉字"金陵永生"

隶书的轮廓原本落寞，在美利坚尤显孤寂

如果再有一次生命，她还会把它献给亲爱的中国

亲爱的随园

14

多少春夏秋冬又漫过随园

粗大的椴树、重阳木、枫杨、银杏和白栎

保存着年轮的记忆

都在念叨同一个名字

水杉顶端的巢窠，以枯枝、草棍和泥团为材

那是灰喜鹊的安全区

红色廊柱旁恍惚闪过

一个高大端庄的身影

书卷之宁静降伏四面八方

白衫黑裙的女生，如鹿切慕溪水

繁体《申报》和英文《字林西报》

铺展印刷体的公理

此去经年，黛瓦依旧，长廊依旧

大江纵贯滔滔兮广且深

苍天一直在等着大地上人类的表白

随园，曾经的随园

谁主风雅？

2015年4月

后 记

诗集的名字定为《城南记》。"城南"是我诗歌中的一个重要坐标。城南，不仅是一个表达地理空间的名词，更是一个与个人生命经验紧密相关的意象，它与爱情、亲情、青春、疾病、死亡、大自然、时间以及远行有关，它可以包含并引申出更多的意味：原乡、归宿、命运，甚至信仰。

将这本诗集整理完毕，忽然感到一丝踏实和放心。许多年后，当回望来路，每一本书都仿佛是某个人生阶段的地标，让人一下子就能知晓自己曾经在哪里停留过以及有什么是值得纪念的。现在这本诗集就是这样的地标之一。

已经走到了生命的中途，既无法倒退回去，也不能中途下车，只好继续前行罢。

感谢间接或直接地促成此书出版的人。

2015年7月 济南

图书在版编目（CIP）数据

城南记 / 路也著. — 2版. — 成都：四川文艺出
版社，2019.4
ISBN 978-7-5411-5299-3

Ⅰ.①城… Ⅱ.①路… Ⅲ.①诗集－中国－当代
Ⅳ.①I227

中国版本图书馆CIP数据核字（2019）第041983号

CHENGNAN JI

城南记

路也　著

责任编辑　燕啸波　奉学勤
封面设计　鸿儒文轩·书心瞬意
内文设计　史小燕
责任校对　王　冉

出版发行　四川文艺出版社（成都市槐树街2号）
网　　址　www.scwys.com
电　　话　028-86259285（发行部）　　028-86259303（编辑部）
传　　真　028-86259306

邮购地址　成都市槐树街2号四川文艺出版社邮购部　610031
印　　刷　三河市华东印刷有限公司
成品尺寸　142mm×210mm　　　　开　本　32开
印　　张　7.25　　　　　　　　字　数　150千
版　　次　2019年4月第二版　　　印　次　2021年4月第三次印刷
书　　号　ISBN 978-7-5411-5299-3
定　　价　45.00元